みもと
illust. 春野薫久
JN200313
異世界転生したら
モブだったので、
推しの声を堪能したいと思います

「そこにいるのは誰だ」
アレン・スペンサー
スペンサー公爵家令息

「推し……、尊っ」
リリベル・ハートウェル
ハートウェル伯爵家令嬢
異世界転生者

「リリベル、愛している」

異世界転生したらモブだったので、推しの声を堪能したいと思います

みもと

illust.春野薫久

CONTENTS

プロローグ　推しのいる世界

リリベル・ハートウェル。六歳。

これが私の今の名前であり年齢である。

王都から少し離れた場所にある、緑豊かで長閑《のどか》な領地にある我が家は伯爵家。

伯爵家と言っても農業が主である我が領地は貧乏というほどでもないが、贅沢ができるほど豊かでもない。

ほどほどだ。

贅沢をしなければ食べていける。

これ大事。

衣食住には恵まれているのだ。

十分である。

そして私は三日ほど熱に浮かされて生死の境を彷徨《さまよ》って今日覚めたところだ。

この三日、ほんっとうに大変だった。

膨大な知識が頭に流れ込んできたことによる知恵熱だと確信している。

そう、私はたった今、前世の記憶を全て思い出し混乱の極みにいる。

混乱しているからこそ、今の自分の状況の整理などしてみた。

人間、混乱している時こそ落ち着かねばならない。
部屋の中は薄暗い。
目を覚ましたと言っても、意識があるだけで体はまだ動かせない。
なので視線だけを動かし窓の方を見る。
ぴったりとカーテンで閉じられたそこも暗くて、時刻はまだ夜中だろうか……。
この三日の熱ですっかり体も弱っているようだ。
動くのは目と指先が少し。
早々に体を動かすのは諦めて、頭を動かすことに決めた。
目の前の白いレースでできた天蓋を見つめ、私は記憶を整理する。

最初に思い浮かぶのはここととは違う白い無機質な天井。
窓が一つだけある四角い部屋。
今いるこの部屋よりもだいぶ狭い。
硬めのベッドに白いシーツ。
そして消毒液の匂い。
ベッド脇には常に何かの機械が置かれ、そこから伸びた管が体に繋がっている。
耳に残るのはピッピピッピッという規則正しい電子音。
そこが前世の私が一日を過ごす場所。

私は物心ついた時からずっとそこにいた。

世界から見ると小さな島国である日本に生まれた私は病気か何かでずっと入院していたのだ。

窓から見える景色は四季を映すけど、部屋の室温は一定で肌で暑さや寒さを感じたことはない。

病室では一日の大半を読書に費やし、成人を迎える前に人生を終えた。

亡くなる少し前には興味が読書からゲームに移り、そちらもひたすらやりこんでいた。

家族や他の人の記憶はない。

あるのは読書やゲームの記憶のみ。

そんな前世の知識だが、六歳という今の年齢には膨大すぎて急に頭に流れ込んできた三日前の朝に私は突然意識を失ったのだ。

気を失いつつも、その間も知識が頭に入ってくるのは止まらず、それは三日続いた。

そして今、なのだ。


リリベルとしての記憶ももちろんある。

少し親ばかなところのある優しいお父様に、いつだってマイペースで可愛らしいお母様。

そしておしゃまで可愛い三つ下の妹マリーベル。

私の大好きな家族だ。

そんな家族に随分心配をかけてしまったとも思う。

朧《おぼろ》げながらも、倒れてからいつも心配そうに私を見つめる家族の姿は覚えている。

だが、もう大丈夫だ。

この知識はすでに自分のものとして整理されたし、だるかった体もいくぶん楽になっている。

朝までもう少し休息をとるため、私は静かに目を閉じた。

◇◇◇

「リリベル！」

バアンと大きな音を立てて部屋の扉が開く。

そこにはわたしよりは少し濃いグレーの目を大きく開けたお父様。

すぐ後にお母様とマリーベルも見える。

二人とも涙を浮かべながら笑っている。

「お父様、お母様、マリーベル。心配をおかけしま……ぐえっ」

途中までしか言えなかったのはお父様に抱きしめられたから。

その力加減に伯爵家令嬢とは思えない声が出てしまったが、これは不可抗力だろう。

「もう大丈夫なのかい？」

「はい」

ぎゅうぎゅうと抱きしめられるが、すっかり心配をかけてしまったので私はおとなしくされるがままだ。

そんな中やっとこさお父様の力が緩んだのは、後から来たお母様にぺしぺしと叩かれたからだろう。

「ジェイムズ、リリベルは病み上がりなのよ」

「ああ、すまない。つい嬉しくて」

お父様が離れたのを見てから次はお母様が顔を覗き込んでくる。

「顔色が良くなっているわね。リリベルの好きなケーキを焼いてもらっているから食べるでしょう？　寝込んでいる間何も食べていないからすっかりやつれちゃっているわ」

お母様、確かにケーキは好きですが、三日間何も食べていない人に食べさせるものではありませんよ。

のほほんと笑うお母様に心の中でツッコミを入れる。

「お母様、私スープがいいです」

心の声は置いておいて、そう私が提案するとお母様の顔が驚きのものに変わる。

「スープ？　そんなのでいいの？　お腹空いているでしょう？」

いやいやお母様？

三日間何も食べていないのだからスープが妥当でしょう。

「スープがいいです」

にっこりと笑いつつ私は駄目押しのように強調する。

「甘いものを食べれば元気が出ると思うのだけれど……」

渋々と言う感じでお母様はドア付近のメイドにスープの用意を言づけた。

「ねえさま！　もうげんき？」

ベッド脇でぴょこぴょこ飛び跳ねるマリーベルを見るときゅうっと胸が締め付けられる。

可愛い。

文句なしに可愛い！

「ええ。もう元気よ」

そう言えばマリーベルが満面の笑みを浮かべる。

お母様譲りのエメラルドの様な瞳をひときわ輝かせながら。

「じゃあまたあそべるねえ！」

「ええ」

はあ、癒し。

お父様と同じような淡い金髪のマリーベルの頭をそっと撫でる。

私の髪はお母様と同じ紫でストレート。

対するマリーベルはお父様と同じ淡い金色のふわふわとした巻き毛だ。

このふわふわがマリーベルの可愛さを引き立たせているのよ。

ふわふわも、きらきらしたたれ目がちなグリーンの目も推せるほどに可愛い。

高めの声で舌ったらずな話し方ももちろん推せる。

そう推せると言えば、私前世ではかなりの声フェチ。

先ほど思い出した誰に言えるわけでもない前世の話だが、ここにきてふと考える。

これって、よくある異世界転生ものかしら、と。

読書ではもちろんラノベも読んでいたからそういった知識も多少ある。

よくあるのは小説の世界やゲームの世界。

亡くなる前には乙女ゲームに嵌《はま》っていたから、ここもその世界なのかと頭を捻る。

だが、私の記憶に自分の名前であるリリベル・ハートウェルという名はない。

知らない世界かもしくはモブか。

嵌っていた乙女ゲームの中にはとにかくドストライクの声の持ち主がいて、一人ゲームをやりながら悶《もだ》えていたものだ。

だからできるならその最推しの声を持つ、かの方がいる世界ならと淡い期待も持っていたが。

そうそう人生上手くいくわけないか……。


なんて思っていた時期もありました。

そう、その声を聴くまでは。

「そこにいるのは誰だ」


そのまま耳が溶けるのではというほどの甘い声。

わたしの記憶よりそれは幼くまだ高い声だけど。

本質は同じ。

その声を聴き間違うことなんてない。

それほど大好きな声。

本当に？

この世界は、本当にあの世界なの……？

この声を聴きたいがために何周もして、全てのスチルを集めセリフ集のＣＤも買ったあの人のいる世界なの？

私はゆっくりと振り返る。


目に映るのは夜の帳が下りたようなネイビーブルーの髪。

短めの髪ではあるがさらさらと風に流れてとてもきれいだ。

前髪から覗く瞳は蜂蜜色。

甘そうな色だが、今はその目は鋭く細められ訝《いぶか》しげに私を見ている。

私は確信する。

幼くはあっても間違えるはずがない。
そこにいるのは紛れもなく私の最推しの声を持つアレン・スペンサー様だ。

第一章　推しとの出会い

私が前世の記憶を思い出したあの朝から六年が経ち十二歳になった。

読書で培った知識でお父様の力になれないかとこの六年、領地で色々とやってきた。


まず手を付けたのが領地で取れる作物の大きさだ。

ここでは質より量という感じで、とにかく大量に種を植えてたくさんの作物を収穫してきた。

私はそこに目を付けた。

所狭しと植えられていた野菜を間引きし、一つ一つの苗の間隔をあける提案をしたのだ。

だがお父様はもちろん、領地で畑仕事をしている方たちからの同意は得られなかった。

勿体ない、と皆が口をそろえて言う。

なので私は家の庭の一角をもらって自分で野菜を育てることにした。

種をまき、ある程度育ったところで間引きをする。

こうすることでそれぞれに日光が当たり、風通しがよくなり、より強く大きく生育していくはずなのだ。

かくしてそれは私の思惑通りにことが運んだ。

皆が育てたジャガイモやニンジンよりも私が庭で育てた野菜の方が大きかったのだ。

嬉しいことに味もまた違っていた。

皆が育てた痩せた野菜よりも味が濃い野菜ができたのだ。

気をよくした私は次に土壌改良を試みた。

それによってさらに美味しい野菜ができるはずだから。

だけどこれはさすがに骨が折れた。

何せ機械類がないから堆肥をつくるにも昔ながらのやり方しかできない。

それに関しては私の知識が足りなかったのだが、そこは何世代にもわたって農業を営んできた領民の皆さんが協力してくれるようになった。

それが九歳の時の話。

その頃にはお父様や領民の皆の私を見る目が変わっていた。

初めは子供のやることだし、遊び半分でそのうち飽きるだろうと思われていたようだ。

ところがどっこい。

私はとにかく諦めが悪かった。

本で知っただけの知識だし、子供だから力も体力もない私だけど決して諦めなかった。

その内に危なっかしいと手を貸してくれる領民たちが増えていって。

結果を出すにつれ、お父様も私を認めてくれるようになって。

そう、お父様もなんだかんだ研究者気質なので私の案を一緒になって試行錯誤するようになったのだ。

その時には何というか。

皆、いい農作物を作っていく同志みたいな。

色んなアイデアを皆で出し合ってよりよい野菜を作っていく仲間のような。

そんな関係性が出来上がっていた。

試したことが上手くいったときももちろん嬉しいが、私にとっては皆と何かをやり遂げたりすることの方が嬉しかった。

試行錯誤することだって楽しくて時間を忘れるほど。

ご飯の時間すら忘れて話し合っているところを何度お母様から怒られたことか。

でもどれだけ知識があっても、さすがに全てが全て上手くいくことはなかった。

机上の空論ということも多々あった。

たとえ失敗が続いても、諦めない限り失敗じゃないって有名な人も言ってたよね。

だから諦めず取り組んで、それが上手く行ったときは皆と祝杯を上げたくなるほどの喜びだ。

いや、お酒は飲めないけど……。


前世の私はずっと病院で、誰かと接した記憶もなかったからこうして皆と関われることが単純に楽しかった。

ただ領地を駆け回ることが、料理を作ることが、勉強だってそう。

前世でできなかった経験全部が楽しかった。

だからこの六年はあっという間。

あまりにも楽しく過ごしたこの六年、前世での読書の知識を思い出すことばかりしていたから
すっかりゲームのことは頭の片隅に追いやってしまっていた。

すでにこの世界は私の知らない世界だと割り切ってやってきた。

というより忘れていた。

だって私はこの世界で生きている。

この先もずっと生きていく世界だ。

だから我が国の王太子殿下の名前を聞いた時も何となく聞いた覚えあるなー、なんてぼやっと
してしまっても仕方がないのだ。

そうこれは決して言い訳ではない……はず。


そんな私は今お母様と馬車に揺られている。

領地から馬車に揺られること半日の場所にある王都に向かっているのだ。

その馬車の中で告げられた王太子殿下の名前。

フィリップ・クリストフ。

私と同じ十二歳だ。

その殿下との顔合わせとして、伯爵以上の爵位を持つ殿下と同じ十二歳前後のご令嬢のお茶会

が王妃様の名のもと開催されるのだ。

要するに殿下の婚約者探しなのだが、この時の私は領地のことで頭がいっぱいだった。

王太子殿下の婚約者に田舎の伯爵令嬢である私が選ばれるなんてことは万に一つもないとも思っていたし。

そんな夢のような話よりも今の関心ごとはフルーツ。

前世での記憶にある甘いいちごやみかん。

だが、この世界のフルーツはとにかく酸っぱかった……。

冬を越すための非常食として砂糖漬けやジャムなどにすることが多いからそのせいかもしれない。

だけど私はそのまま食べられるフルーツがどれほど美味しいか知っている。

前世ではクリスマスに出てきたケーキの上に載っているいちごも甘かった。

あの味を目指して私はとにかく思い出せる限りの知識を振り絞った。

その甲斐あって、この数年でだいぶ糖度も上がった。

でもまだまだやれることはあるはず。

さらなる糖度の高いフルーツや、できるなら新たな品種改良もやってみたい。

前世で食べたシャインマスカットは美味しかったなあ……。

あれも色々と交配された中でできた品種だったはず。

私はお母様が話す明日のお茶会の話を聞き流しながらまだまだやりたいことを思い描き、どの知識が役に立つかなどと物思いに耽《ふけ》っていた。

前世で読み漁った本の知識の中で領地経営に使えそうなものは片っ端から試していった。

お父様も私の言葉に耳を傾けて一緒になって研究してきた。

だから今ではどこの産地にも負けない甘いフルーツができたと自負しているし、野菜の大きさや味だって負けない自信がある。

目を輝かせながら読んでいた本の知識を、こうして実践できるのがもう楽しくて楽しくて。

ついつい次は何をしようかなんて考えてしまうのだ。


休憩を挟みつつ馬車に揺られ、日が傾き始めたころ王都に着いた。

ふと視線をやった馬車の窓から見えた景色に、私は思考を手放しあんぐりと口を開けて窓に張り付いた。

そこには前世で見た美しいヨーロッパの街並みのような景色が広がっていたのだ。

馬車が走る道は領地のような野原が広がる地面じゃなく綺麗な石畳が敷き詰められ、揺れだって少なくなっている。

そこら中に煉瓦《れんが》造りの家が建ち並び、整備された木々や花がそれらを彩っている。

たくさんの人々が行き交い、テラスのあるお洒落なカフェや、カラフルな雑貨が並ぶお店など活気溢れる街並みがそこにあった。

「リリベル、口が開いているわよ」

お母様の指摘にはっと我に返る。

伯爵家令嬢たるものいくら物珍しいからといって口を開けて馬車の窓に張り付いているなんて、誰に見られているかわからないのにあってはならないことだ。

でも……、み、見たい！

前世でも病室から出たことがなかったのだ。

何を見るも聞くも新鮮で。

表面は冷静を装いつつチラチラ盗み見くらいは許されるわよね。

「お母様、ここはまるで別世界のようです」

もはや盗み見レベルではなくがっつりと窓から目を離せないまま私は声が弾むのを抑えられない。

「ふふ、そうね。リリベルは領地から出るのは初めてですものね」

「今日はこのまま伯父様のところに行くのですね？」

王都ではお母様の兄であるレナード伯爵様の邸《やしき》に宿泊させてもらうことになっている。

王宮で文官をされているので王都に家を構えているのだ。

「ええ、そうよ。明日はお茶会だから、明後日なら王都観光ができるわ」

お母様の言葉に目が輝く。

私のその様子を見てお母様も楽しそうに笑う。

「私も王都は久しぶりだから楽しみだわ」

お母様とどんな店を見たいかなどを話しているうちに伯父様の邸についた。

レナード伯爵家の領地は王都からはかなり離れた遠い場所にあるため、ここは王都でのタウンハウスになる。

それでも十分立派な門構えをくぐったところで馬車が止まり、私は促されるまま馬車を降りた。

「お待ちしておりました」

出迎えてくれた年配の執事さんが頭を下げる。

その執事さんに案内され、お洒落な白いお屋敷に足を踏み入れる。

「やあ、よく来たね。フローラ、リリベル」

伯父のハリソン・レナード伯爵様が、お母様と同じたれ目がちのグリーンの目を優しげに細めながら私たち二人を招き入れてくれた。

伯父様はお母様よりも十歳ほど年上で、その息子である私の従兄にあたる人もすでに成人して領地の運営を任されている。

伯父様の奥様である伯母様もこの日はちょうど領地に行っていたために邸には伯父様一人であった。

「すまんな。アリシアも会いたがっていたのだが、喘息が出てしまって領地に保養に行っているんだ」

「ええ。聞いていますわ。お義姉様の具合はどう？」

「ああ。お蔭様で。緑の多い領地だから、かなり良くなっている」

「それを聞いて安心しました」

ほっとしたお母様の肩をぽんと叩いたあと、伯父様が私に向き直る。

「久しぶりだね、リリベル」

「ご無沙汰しております、ハリソン伯父様」

私はスカートの裾をつまんで挨拶をする。

その様子を見て伯父様がさらに目を細める。

「この前会ったときはこんなに小さかったのに……。大きくなるのは早いな」

伯父様が手で膝あたりを指す。

私に記憶はないが、私が二歳くらいのときに会ったきりらしい。

「さあ、挨拶はこれくらいで。お茶でも飲みながら話を聞かせておくれ。うちの料理人がはりきって甘いものも用意したんだ」

片目をつぶってウインクした伯父様はどこかお母様に似ていてとてもチャーミングだった。

次の日、私は伯父様の家のメイドさんたちにピカピカに磨かれ、準備してきたドレスを着て姿見の前に立っていた。

私にとっては初と言ってもいいほどの綺麗なドレス。

元気の出るようなビタミンカラーが好きな私に、お父様とお母様がこの日のために仕立ててくれたオレンジ色のふわりとしたドレス。

初めてのコルセットに悪戦苦闘しながら綺麗に仕上げてくれたメイドさんにも感謝だ。

なんせ領地では常に汚れてもよさそうな簡素なワンピースなどを着て過ごしているのだ。

一度、農作業をするために農家の人たちに紛れてつなぎを着たら、お父様に泣きながら止められた。

あれが一番動きやすいのだけど、さすがに泣くほど嫌がられてはやめるしかなかった。

「おお、リリベル素敵じゃないか。そうしているとフローラの幼いころに似ている」

目を細めてうんうんと頷く伯父様。

私はお母様と同じ淡い紫の髪だ。

それは前世で写真で見た藤棚に咲く見事な藤の花にそっくりな色で、とても気に入っている。

目の色はお父様に似て黄味を帯びたグレー。

お父様より色素が薄いため少し冷たい印象にも見えるが、前世黒髪黒目だったからこの色も新鮮で好きだ。

お母様は娘の私から見てもとても可愛らしい。

たれ目で大きなグリーンの瞳をしているお母様は三十過ぎているのに二十代にしか見えない。

同じようにたれ目で大きなグリーンの瞳を持つ妹のマリーベルの方がお母様似だと思うが、それでもお母様に似ていると言われると素直に嬉しい。

「うん。リリベル可愛いわ。ジェイムズも見たかったでしょうね」

お母様がそう言って顔を綻ばせる。

お父様は領地で仕事があるので王都には来ていない。

マリーベルと三年前に生まれた弟セオドアと共にお留守番組だ。

ちなみにセオドアもお母様に似ていて天使のような弟だ。


「それではハリソン伯父様、行ってまいります」

「ああ、楽しんでおいで」

お母様と並んで伯父様に見送られながら馬車に乗り込む。

向かうは王宮だ。

ガラガラと石畳の上を馬車で移動すること三十分。

大きな石でできた橋を渡り、王宮の中へと入ったところで馬車が止まる。

「わあ……」

思わず声が出た。

王宮のあまりの大きさに。

その荘厳さに。

前世で見た世界のお城写真集のヨーロッパの壮大なお城そのものがそこにあった。

細部にまでこだわった柱が立ち並ぶ廊下を抜けると、そこはまさにイングリッシュガーデン。

童話の中に迷い込んだかのような自然の景色と調和のとれるように綺麗に整備された広大な庭が広がっていた。

その素敵な庭を眺めながらしばらく歩くと、低木に囲まれる形の開けた場所に出た。

そこにあるテーブルには色とりどりのスイーツや飲み物が並び、私のテンションはマックスになった。

こんな素晴らしい景観で、しかも美味しそうなスイーツがあんなにたくさん。

さすが王宮というべきか、ケーキ一つとっても花を模したクリームが飾られていたり、キラキラ輝くアラザンが載っていて目でも楽しめるお菓子ばかり。

お母様は早々にご友人と談笑中のため、私は目を輝かせながら気になるスイーツや飲み物を楽しんだ。

——んだけど……。

まあこれだけ食べたり飲んだりしてたら催すよね～……。

とりあえずお手洗いに行った私はすっきりした状態で来た道を戻ろうと歩いた。

綺麗な花や緑の香りを楽しみながら中庭を歩く。

おかしいと思ったのは見たことがない見事な薔薇でできたアーチが目の前に出てきた時だった。

「あれ？」
　ここは通っていないぞ……。
　きょろきょろと辺りを見回すも、どこも見覚えがない気がして背中に冷たい汗が伝う。
　まさか……迷子？
「なーんて」
　私は十二歳だ。前世も入れると相当な年齢なのだ。
　あろうことか迷子なんて！
　思わず明るく言ってみるも、この状況が変わるわけでもない。
　お茶会では聞こえていた楽しげな声も聞こえない。
　聞こえるのはそよそよと吹く風に揺れる葉の音だけ。
　こんな人気のない場所で迷子なんて。
　もしかしたら入ってはいけない場所に入り込んで処刑されたりとか……。
　王宮ならありうる……。
　本格的に焦ってきたところで、私は耳を疑う声を聴いた。
「そこにいるのは誰だ」
　その声に心臓が震えた。

まさか、とも思うが私がその声を聴き間違うはずがない。

記憶より少し高めだが、とろけるような甘さを含んだその声。

ドキン、ドキンと心臓の音がやけにうるさい。

うるさく鳴る胸を押さえながら私はゆっくり振り返り、その人物を確認した。

「推し……、尊っ」

思わず漏れた本音にばっと口を押さえる。

それでも視線はずっと目の前から外れない。

ネイビーブルーの髪、蜂蜜色の瞳。

幼くともそのご尊顔を見間違うはずがない。

というか、少年の幼さを残す丸みを帯びたこの顔も良き……！

間違いない。

この方こそ前世での私の最推しであるアレン・スペンサー様。

ここは知らない世界だと思い込んでいた私はすっかり気を抜いていた。

だが目の前のアレン様が現実を突きつける。

ここは、あの世界？

何度も何度もやりこんだあの……。

「おし？」

呆ける私の前で、アレン様は未だ警戒の色をその目にまとわせながら私の言葉を繰り返す。

……声が、イイっ！
まだ声変わり前のこの声すら素敵すぎる。
もっと聞きたい！
いやずっと聞いていたい‼
あんなことやこんなこと言って欲しい！

って、妄想に耽っている場合ではなかった。
私は緩みそうになっていた表情筋を叱責し貴族の顔を作る。
ドレスの裾を掴みカーテシーをしながら言葉を綴る。
「私はハートウェル伯爵家長女、リリベルと申します」
「私はスペンサー公爵家のアレンだ」
はうっ……。
耳から入る声に足が震える。カーテシーが崩れそうです……。
やっぱりアレン・スペンサー様だっ‼
ということは、私ってばあの世界のモブに転生？
そんなことよりも、この声が現実に聴けるなんて！
フィリップ殿下とアレン様は同じ年齢。
学園に通ったら、もしかしなくともこの声を聴いていられるのでは⁉

授業を受けるアレン様。

先生にあてられて答えるアレン様
特に本読みなんて最高ではないかしら？

昼食を食べるアレン様。

うっとりするようなきれいな所作で食べるところなんてゲームのスチルにもなかったのでは？

休憩中のアレン様。

気だるげな表情で物思いに耽るなんて良きっ。


うん！　どれもいい！

推せる自信しかない！

「ハートウェル伯爵令嬢は今日のお茶会に来られているのか？」

アレン様のそんなお言葉に私は慌てて興奮を無理やり抑え込み、アレン様を見る。

最推しの声を持つアレン様は容姿もドストライク。

カッコイイです。

素敵です。

好みが服を着て歩いています。

これはいけない。

油断したら息が荒くなりそうです。

「そ、そそそうです……」

駄目だあっ。

声が震える。

これじゃあ不審人物だよ……。

だって生で声が聴けるんだよ！

家名とはいえ、私の名を呼んでるんだよっ！

どんな奇跡だ。

顔は熱いし、心臓はうるさい。

「体調でも悪いのか？」

あまりにも至近距離から聞こえる声に驚いて顔を上げると私の様子を見ようと顔を近づけたアレン様のドアップ。

「だっ！　ダメです！　近いです‼　その素敵な声とご尊顔が近すぎて倒れそうですぅぅっ！」

「……は？」

や、やってもうたーー。

目上の公爵家令息のアレン様に向かって、支離滅裂なことを叫ぶなんてっ！

これでアレン様から不審者として認定確定。

さらには学園生活でも距離を取られ、その声を聴くことも叶わなくなる……。

うう、と本気で泣きに入りそうな私はそこで耳を疑う音を聞いた。

「ぶはっ」

？？

あれ、今噴き出した？
まさか？
あの滅多なことでは笑わない悲しい過去の持ち主であるアレン様が？
ヒロインの前だけでしか表情を崩さない、そのギャップがたまらないあのアレン様が？
ぶはって……。
ぶはって吹いた？
私は恐る恐るアレン様を見る。
私から顔を逸らしてはいるものの、肩が盛大に揺れている。
「ふっ、ははは。す、素敵な声って！　そんなこと初めて言われた」
ついには隠すことなく大きな声で笑うアレン様。
なんということでしょう。
え、拝んでいいかな。
満面の笑みなんて何周目かしてやっとこさ手に入れたたった一枚のスチルしかない。

そんなレアの中のレアのアレン様の笑顔を見せてもらったけど、いいのかな？

何のご褒美？

はい、課金しますよ〜。

お金はどこから払えばいいですかーーー？

私が食い入るように見ていることに気づいたアレン様が、眦《まなじり》の涙を拭きながら「失礼」と一言言った。

ただし、その体はまだ揺れている。


「名で呼んでも？」

「は、はひ……」

噛んだ！

しかしそんな私を未だ笑みを湛《たた》えながら見るアレン様。

というか、名でって名前？

私の名前を呼んでくださるということ？

「リリベル嬢」

本当に名前で……、リリベルって呼んでくださった！

何の奇跡？

え、これ現実……？

呆《ほう》ける私に微笑みながら見つめてくるアレン様。

「リリベル嬢、面白い人だな。いやでもご令嬢に対してこれは失礼かな」

「いえっ！　スペンサー様の笑いの種になれたこと光栄です」

そう、失礼なんてことは一ミリもない。

むしろ笑顔を頂けたことの感謝しかない。

「っふ……。駄目だ……、リリベル嬢と話すと顔が作れない……。ははっ」

ひとしきり笑ったあと、ふうっと息をついて、私を見て。

「俺のことはアレンでいい」

と、これまたいい笑顔でおっしゃるアレン様。

「え！　そんな畏れ多い！」

確かに脳内ではすでにアレン様呼びですが。

さすがに面と向かって呼ぶほど図々しくはない。

だがそんな私にアレン様はそっと顔を近づける。

「呼んでくれるよな?」

「はひ……」

またしても噛んだ！

そしてあえなく肯定する私。

ちょろい！

ちょろすぎるよ……。

でも仕方なくない？

耳元で囁くのは駄目だってば。

何を言われても「はひ」としか言えないよっ！

「アアアアアレン様……」

「アが多いな……」

こてっと首を傾《かし》げる姿に悶える脳内の私。

顔が熱い。

「そんなに俺の声好き？」

さっきからアレン様がご自分のこと俺と言っているよぉ……。

アレン様の普段の一人称は私。

それが俺になるのはヒロインとの好感度がある程度上がったときなのだ。

なんでとか色々思うところあるけれど！

今はもうアレン様の声を拾うので精一杯。

もっと堪能したいけど、生の声がこんなにも破壊力があると思わなかった。

「すすす好きです……っ」

「ふうん……。声だけ？」

「え！」

アレン様が私を見つめている。

何これ。

本当に現実？

ほっぺ抓《つね》る？

いやいやそれしたら本当に不審者だ。


「ア、アレン様のサラサラの綺麗な髪も！　蜂蜜のような瞳も！　努力家なところも……」

「……初対面だよね？」

そう言われてさっと顔色が変わる。

そうだよ、この世界では初対面だよ。

何あなたの全てを知っていますみたいなことを口走ろうとしていたのか。

「お、お噂を聞いて。騎士団長のご令息であるアレン様自らも騎士団に入って、大人の方にも負けず鍛錬を積まれていると……」

公式プロフィールを必死に思い出しながら言い募る。

「そう……」

疑われていないかとそっと伺いみると、顔を逸らしているため表情は見えないが耳が赤く染まっていた。

え！　信じられます？

耳の形までいいなんて！

「会場まで送って行こう。ご家族も心配されているだろうし」

「は、はひ……」

しばらくして、アレン様はこちらを振り向いてふわりと笑った。

いや、その破壊力よ。

アレン様の破壊力は声だけにあらず。

もう思考を手放します。

正常に働かない頭で、そのままふわふわしていた私はそれ以降の記憶はなく、どうやって戻ったかもわからないまま気づけば伯父様の邸にいた。

◇◇◇

さて、整理しよう。

伯父様の邸で寝る準備を整えるころにようやく落ち着きを取り戻した私は、ベッドに腰掛けてすっかり頭の隅に追いやってしまったゲームの記憶を呼び戻す。

まずこの世界は乙女ゲーム『薔薇《ばら》の乙女は君と恋をする』通称バラ君の世界で間違いない。

それは王道な恋愛シミュレーションゲーム。

ヒロインが王立ローズ学園に入学し、そこで攻略対象者たちと恋愛していくのだ。

ローズ学園とはこの王国の伯爵以上の爵位を持つ貴族の令息令嬢のみが通える学校である。

ゲームの中の攻略対象者は五人。

一人目は正統派王子様と言われるフィリップ殿下。

言わずもがな、この国の王太子殿下で本日のお茶会の主役である。

フィリップ殿下はゲーム内でも人気の攻略対象者だ。

誰もが憧れる容姿を持つフィリップ殿下はその能力の高さや完璧な立ち居振る舞い、さらには女性の扱いにいたるまでどれをとっても完璧な王子様なのだ。

二人目が氷の貴公子ことギルバート・マクラーレン様。

この国の宰相であるマクラーレン公爵様の嫡男であり、本人もその能力の高さからすでに次期国王とされるフィリップ殿下の側近であり右腕と称される方。

銀色の髪に水色の瞳を持つインテリ系イケメンだが、感情が表に出ることはなく表情は動かない。

笑顔なんて誰も見たことがないと言われるほどで、髪や瞳の色も相まって氷の貴公子と呼ばれている。

冷たい表情に理路騒然とした物言いがエス系が好きな方にはたまらないらしい。

そして三人目、頼れるお兄ちゃん的存在であるオリバー様。

ヒロインの幼馴染であるため、学園外でしか攻略ができないけれど唯一ヒロインがツンデレ仕様になるため密かな人気となっていた。

ケンカップルの様なやりとりはオリバー様ルートのみなので貴重なのだ。

四人目が、大人の魅力あふれる国王陛下の弟であられるフレデリック様。

落ち着いた大人ではあるが、容姿はさすが王族だけあってフィリップ殿下にもどことなく似ている。

フィリップ殿下に大人の色気を足したような方。

学園の臨時教師という立場であるため全く最初は相手にしてくれないのだが、徐々にヒロインだけを溺愛してくる様がさすが大人というか。

余裕のある大人に可愛がられたい方には大変人気の攻略対象者である。

そして最後、五人目が不遇の騎士アレン様。

アレン様ルートはいわばギャップ萌え。

影のあるアレン様がヒロインとの仲を深めるにつれ徐々に甘くなっていくのだ。

そのギャップの沼に嵌《はま》る人が続出。

そしてそれは私も例外ではなく……。

甘い声、甘い笑顔、どれをとっても最高のお方、それがアレン様……。

コホン。脱線失礼しました。

そして乙女ゲームあるあるではあるが、どのルートでも当て馬的な令嬢はいる。

殿下とギルバート様は婚約者が当て馬になり、他は婚約者はいないので同じ学園の女子生徒とか王女様が出てきたりする。

それがちょっとしたスパイスになって、どんどん恋愛に発展していくのだ。

ゲームの進行はいたってシンプル。

色んなイベントをこなして、会話を選択して好感度を上げていくという簡単なものだ。

期間は学園入学から二学年のフィリップ殿下の誕生日パーティーがある夏まで。

私はアレン様の声に陥落してからこれをどれだけやりこんだか。

他の対象者は一度くらいしかやっていないけど、アレン様ルートにいたっては全てのスチルを集め、そして全てのセリフを聞くまでとにかく何周もしたのだ。

ゲームのアレン様は固い表情で影のある人物として描かれている。

心に傷を持つため、最初はヒロインに対して惹かれはしても不愛想だ。

それが天真爛漫なヒロインの明るさや優しさに触れていくうちに徐々に傷が癒え、ヒロインだけに見せる表情が増えてくる。

鋭い視線で睨みつけるお顔も素敵だが、それがどんどん甘さを帯びて最後は蜂蜜色の瞳をとろけさせるようにヒロインに微笑むのだ。

アレン様ルートの好感度百パーセントで見られるトゥルーエンドは甘い！

とにかく甘いのだ！

顔もセリフも極甘になっていく。

あの声であんなセリフ言われりゃ、そりゃあんた！

腰も砕けるってもんだい！

おっとつい言葉が江戸っ子に……。

だから本来はあの笑顔はヒロインのもの。

私はアレン様の笑顔を思い出し悶える。

あれを生で見られるなんて。

素敵すぎです……。

っと、駄目駄目！

今はゲームの内容だ。


姿勢を正し公式プロフィールをもう一度思い出す。

アレン様は心の傷を受けてから表情がなくなったとされている。

確かお母様とお兄様を流行り病で亡くして、その日を境に跡取りとして父親から厳しい教育を受けて、とかだった……。

それは確かアレン様が十三歳の誕生日を迎えてすぐのこと……。


あれ……？

それってもうすぐじゃん！

アレン様は私と同じ十二歳。

プロフィールでは十二月五日が誕生日だ。

今は四月。

流行り病が王都で流行するのは来年に入ってすぐだ！

昔流行った病が再びこの国を襲って、確かかなりの人が亡くなっている。

そしてその流行り病には特効薬があるのだ。

それはこの国を病が襲った数か月後に判明する。

男爵令嬢であるヒロインの領地で咲くベビーローズ。

何を隠そうこのゲームの名前の薔薇の乙女はそこから来ている。

ベビーローズから抽出されたものが病の特効薬となり、その大量のベビーローズを王宮に献上した功績でヒロインの家は特別待遇で、伯爵位以上しか入学できない王立ローズ学園に入学してくるのだ。


でも待てよ。

ベビーローズ……。

普通の薔薇より二回りほど小さな可愛らしい薔薇。

色はふわっとしたベビーピンクで中心に行くほど濃くなる綺麗なグラデーションの薔薇だ。

ゲームのパッケージにも描かれていたその薔薇を頭に思い描く。

うん、あるな……。

うちの領地にあるよ！　ベビーローズ。

というか、そうとは知らず何となく可愛いなと思って植えた……。

結構繁殖力が強くて庭の端っこに植えたのにどんどん増えていったあれじゃない？

どっかで見覚えがあるな、とか思ったけど記憶の端に追いやっていたこのゲームのことだと気づかなかった。

苗木をくれた人が良く増えるからもらったって言ってた……。

そうだ南の方のダントスとか……。

でもヒロインの名前は自分で変えられるからこの世界のヒロインの名前はわからない。

でもヒロインは男爵令嬢で、家名はダントスだったはず……。

なんでそれでピンとこないかなー……。

自分の鈍感さが憎い。

でもそんなことよりも！

ベビーローズがあるんだから、うちの領地も特効薬が作れる……？

もしそんなことができたら、アレン様のお母様もお兄様も死ななくて済む。

さらにはもっとたくさんの命だって救えるかも！

そこまで考えてはっとする。

これってゲームの中を変えることになるのか、と。

でも、私はここで生きている。

決してこれはゲームの中じゃない。

私だって家族やよく知る人がその流行り病に罹《かか》ったら迷わず薬を使う。

知っている知識を使って何が悪い。

生死がかかっているのだ。

ゲームの強制力とかもラノベでよく見たけど、知ったことではない。

その時はその時だ。

やれることはやる。

この世界の人たちはキャラクターでも何でもない。

ちゃんとこの世界を生きて生活をしている人間なんだ。

ベッドに立ち上がりふんっと私は拳を握る。

だが、その拳はすぐに力なく下に降ろされる。


「わからないんだよね……」

決意したはいいけど………。

ベビーローズがどうやって特効薬になるかは全く情報がなかった。

第二章　推しと婚約

昨夜しっかりとこの世界であるゲームの内容を整理したものの、肝心のベビーローズからできる特効薬のことはわからずじまい。

そりゃそうだよね。

ゲーム進行にはなんら関わりのない話で、アレン様の過去の話にちょっと出てきたくらいのものなのだ。

ちょっとでもとっかかりがあればいいのだが、今のところそれもない。

ヒントも何もないので、とりあえずこの問題は領地に帰ってベビーローズで色々やってみるしかないと開き直り、私は今日の王都見学を楽しむことにした。


右も左も可愛らしいお店が立ち並ぶ道をお母様と一緒に歩く。

人がたくさん行き交い、活気ある王都は見るもの全てが新鮮だ。

こういうお店が領地にあればなあ、なんて妄想も膨らむ膨らむ。

お洒落なカフェでスイーツを堪能しながら窓から行き交う人々を眺める。

誰も皆楽しそうに談笑しながら道を歩いている。

そんな様子を眺めていると、どうしても考えてしまうのが流行り病のことだ。

こんな楽しそうな人たちを病は容赦なく襲う。

それはきっと私だって例外ではない。

私の前世は病室で過ごすだけだった。

学校生活も、外での遊びも、こうしてスイーツを堪能することもなく一生を終えた。

だからこそ今世では目いっぱい楽しみたいと思っている。

学んだり遊んだり色んな経験をしたい。

病が流行ることがゲームの進行上必要だとしても、私はやっぱり何もしないでいることなんてできない。

領地に帰ったら早速ベビーローズでの特効薬作りに着手しよう。

とにかく考えうることを片っ端から挑戦していくのだ。

私は決意を新たに拳を握る。

そんな私を目の前のお母様が不思議な顔で見ながら、イチゴのタルトを頬張っていた。

◇　◇　◇

領地に戻り早速お父様とベビーローズからの特効薬作成の相談を、と思っていたのに。

領地に着いた私たちを待っていたのは悲壮な顔をしたお父様。

「リリベルッ‼」

馬車から降りるや否や私は拉致かというほどの素早さでお父様の執務室へ連れ込まれた。

「あの、お父様……、ただいま戻りました」

今言う事か？　という疑問は置いておいて、とりあえず挨拶大事。

そんな私に複雑そうな顔をした後、コホンと一つ咳払いをするお父様。

「あ、ああ、おかえり」

「ジェイムズ？　一体何があったの？　娘連れ去り事件が起きたのかと思ったわ」

後からお母様も執務室に入り、のほほんと声をかける。

「あ、ああフローラもおかえり」

「ええ。ただいま」

少し落ち着きを取り戻したお父様はお母様とハグをしながら挨拶を交わす。

ソファに座り、お茶を淹れてもらったところでお父様が一枚の封書を懐から出した。

宛名はお父様の名前。

差出人は……。

「あら、スペンサー公爵様から？」

お母様の言葉にドキリと胸が高鳴る。

アレン様の……。

一瞬で私の意識は一昨日のお茶会へと飛んでいく。

レアなアレン様の笑顔。

アレン様の素敵ボイス。

ああ、尊い……。

そこでハタと現実に戻ると、目の前から視線を感じた。

お父様だ。

それはもう、じとっという目で見ている。

居心地の悪さを感じつつ姿勢を正すと、お父様が重い口を開いた。

「リリベル、お前はスペンサー公爵家のご令息であるアレン様とは面識があるのかい？」

「アアアアレン様と……？」

「アがやけに多いな……」

突然のアレン様の話で若干声が上擦ってしまった。

落ち着かせるため、湯気の立つカップを持ち口を付ける。

香り豊かなお茶をコクリと喉に流すとそっとソーサーに戻す。

「王宮のお茶会でお会いしました。迷っているところを案内して頂きました」

淑女として落ち着きを取り戻した私は澄ました顔で答える。

「それで？」

「それで、とは？」

お父様の目が血走っています。

はっきり言って怖いです。

「ジェイムズ？　本当にどうしたの？」

訳がわからないというように横に座るお母様が首を傾げる。

確かにこのお父様の態度がよくわからない。

どこか焦っているようで、それでいて怒ってもいるようで。

「婚約」

お父様が言った一言に私はお母様と顔を見合わせる。

お父様が忌々《いまいま》しげに目の前の封筒を睨んでいる。

「これ、婚約の申出書なんだけどっ！」

「へ？」

今度は涙目だ。

お父様が情緒不安定です。

「リリベルっ！　何がどうなってアレン様に見初められちゃったの？　リリベルはずっとうちで一緒に領地を盛り立てて行くって言っていたのに……」

ついには立ち上がり、私の肩を掴むお父様。

肩を揺さぶられながら私はパニック中。

婚約………？

あれ？　どういうこと？

婚約って私とアレン様がっ？

「そんな馬鹿な！」

私は令嬢らしからぬ大声で叫び頭を抱える。

ゲームでは、アレン様に婚約者なんていなかった。

お父様のセリフをもらいますが、何がどうなってこうなった？

隣で楽しげに「あら」と言うお母様は置いておいて、私は悲痛な面持ちのお父様と顔を見合わせる。

「な、何かの間違いでは……？」

一縷《いちる》の望みをかけて聞いてみるも、もうお父様ったらうっかりさん、なんてことにはならなくて。

「正真正銘、公爵家当主からの申出書だ……」

公爵家当主からの正式な申出に伯爵家であるうちが否と言えるはずもない。

私はこの申出書が来た時をもってアレン様の婚約者に確定したともいえるのだ。

でもなんで……。

ホントになんでこうなった？

学園で授業を受けるアレン様。

昼食を摂るアレン様。

お茶を飲むアレン様。

などなどを端の方でちょこっとそのお声と共に堪能しようと思っていただけなのに。

ゲームの内容を無視して特効薬を作ろうと思ったことは横に置いておくとして、こんなのゲーム内容にないんですけどーーーーっ！

でもこれってもしかしなくても、私ってモブなんかじゃなく……。

「当て馬？」

私はひやりとした汗が背中を伝うのを感じた。

◇　◇　◇

「この度は婚約を受けてくださりありがとうございます」

はあ～……、いい声……。

「本来ならば当主である父が出向くところ、多忙故私が代わりに参りました。父からは書面を預かっておりますのでご査収ください」

声だけでご飯三杯いけます……。

「……ベル？　……リリベル？」

遠くからお父様の声がする。

もう少し。

もう少しだけでいいから余韻に浸らせて……。

そんな私の肩をつんつんと突《つつ》く振動で意識が戻る。

「はっ！　す、すみません！　素晴らしすぎる声につい意識が彼方《かなた》へ……」

突いたのは隣に立つお母様。

呆れた視線が突き刺さって痛いです……。

目の前には残念な子を見るようなお父様と、肩を震わせるアレン様。

や、やらかしている……。

それも盛大に……。

お父様が婚約の了承の返事を書いてすぐにアレン様がこの領地に来た。

うちの質素な応接室がアレン様がいるというだけで別空間だ。

豪華な調度品などないはずなのに、そこかしこが輝いている。

窓だって開いてないのに爽やかな風が吹いてるような清々しさだってある。

そんなどこか非現実的な光景を目にした私はその眩しさに目をつむり、あとはアレン様のお声だけに意識を全集中させていた。

「リリベル、わざわざ王都から来てくださったのだ。庭でも案内して差し上げなさい」

私のやらかしをなかったことにして、お父様がコホンと咳払いしつつ貴族の仮面をかぶりなおして余所《よそ》行きの声を出した。

「は、はい」

「では、お願いしようかな。リリベル？」

はうっ！

呼び捨て！

破壊力‼

崩れ落ちそうな膝を叱責して私はアレン様と共に庭へ出た。


我が家は家こそそこまで大きくはないが、庭は自慢できるほど広い。

領民のみならずうちでも農作物を育てたりしていたから、そのためだろう。

フルーツの木も昔からある。

だからいろいろと試せたこともある。

サンルームのようなものを建ててビニールハウス的な役割をさせたり、水耕栽培にチャレンジしたりもした。

私はそんな日々に思いを馳せながら広い庭をアレン様と歩いている。

もう夢のようなひと時だ。

私はちらりと隣のアレン様を盗み見る。

「あ、あの……、ア、アレン様はどうして私と婚約を？　見ての通り田舎の領地ですし……。アレン様ならもっと格上の貴族の方も……」

私は婚約の打診がきてからずっと不思議に思っていたことをアレン様に聞いた。

公爵家の嫡男ではないにしろ、アレン様は王国騎士団に所属している将来のあるお方だ。

しかも容姿端麗で魅力的だし、努力家で優しくて甘くて……。

何といっても神の祝福を得られたとしか思えない素敵ボイスの持ち主でもあるし。

そんなことを考えながらアレン様を見ていると、アレン様が私を見てふっと笑った。

はい、素敵です。

カッコいいです。

「リリベルが良かったんだ。お茶会の時に初めて話してすごく楽しかったし、リリベルといると俺は素でいられる」

値千金《あたいせんきん》の笑顔と共に素敵なお声で紡がれる言葉。

なんって畏れ多いっ！

こんなことなら前世でもっとお笑いを勉強しておくんだった。

それとも落語？

ダジャレ？

いくらでも笑わせてあげたいです！

「俺は次男だから、両親も結婚相手は俺の意思を尊重してくれている。特にそんな相手もいなかったから今までは学園に通いながら結婚相手を探すつもりでいた。……でもリリベルに出会った」

そう言いながらアレン様が私の髪をひと房手に取り、口元へ。

気絶していいですか？

推しが尊いんですけど！

画面越しでも絶叫ものなのに、これ現実で起きてるんですよーー。

「素直で正直なリリベルに惹かれたんだ。早くしないと誰かにリリベルを取られるかもと思うと居ても立ってもいられなかった。父上に話をしたらすぐに婚約申出書を書いてくれたよ」

推しが若干、いえかなり私を過大評価しているような……。

私と婚約したいなんて人、そうそういないですよ。

なんていったって綺麗なアクセサリーや流行のドレスよりもつなぎを着て動き回りたいくらいですから。

服も顔も汚れて農作業したりしてますからー！

いや、でもこんなこと言ったらアレン様が変わり者になってしまう。

それは駄目、絶対。

推しは全肯定！

なんてことを考えていたら、随分端の方まで来てしまっていた。

この辺は私個人が気に入った花や木を植えている場所だ。

「へえ、可愛らしい薔薇だな」

アレン様がその一角に咲いている小さな薔薇を見て言った。

それこそが今私の一番の関心ごとのベビーローズだ。

「これはベビーローズと言います」

「ベビーローズ……。どこかでそんな名を聞いたな。確か、実で作ったお茶を飲むとか変わった話だった……」

顎に手を当て思案顔のアレン様。

さすが、アレン様。

何という博識！

その知識を披露するときの少し低くなる声もまたイイっ！

素晴らしいです。

言うまでもありませんが、その思案顔も素敵です。

……って、いや待って。

今さらっと重要なことを。

実で作ったお茶……。

なんと！

それはいわゆるローズヒップティーでは。

はっきり言ってこのベビーローズからどうやって流行り病に効く薬を作るのかわからなくて頭を悩ませていた。

でも実からと考えるなら……。

ローズヒップティーと言えば、ビタミンが豊富で免疫力を高める効果もあったはず。

こちらでは薔薇は主に観賞用で、飲食用として使われることはない。

ベビーローズの産地であるダントス領でローズヒップティーが飲まれているのだとしたら……。

これって結構なヒントでは？

たしかゲーム内で特効薬ができたのは初夏だったはず。

本格的な暑さの前にって記述があった。

ベビーローズの実は五月から六月が収穫時期だ。

もしかしなくとも特効薬のヒントは実にある！

今年実を収穫して研究すれば、この国のパンデミックは抑えられるかもしれない。

少しだけ見えた光明に胸が逸る。

「リリベル？　どうした？」

「アレン様！　ありがとうございます！」

興奮した私は心配げに見つめるアレン様に思わず抱きついた。

んん？　抱きついた……。

「って！　わあああ！　すすすみませんっ」

あれ？　離れない！

何これ、私の願望か？

いや違う！

ほっそりした見た目をしているのに、しなやかな筋肉のついた腕が体に巻きついていた。

「積極的だな？　リリベル」

み、耳元駄目……。

至近距離で聞こえる声に腰が抜けそうになる。

甘くて、とろけそうで。

倒れそうで身じろぎするも、騎士団ですでに鍛えているアレン様の体は私が動いたくらいじゃ離れない。

「あああああの……、アアアレンしゃま……？」

「少しだけ。婚約者なのだからいいだろう？」

「はひ……」

むしろ何のご褒美だ。

なんでこんないい匂いがするのか。

思いっきり吸い込みたいが、さすがにそれは変態行為なので唇を噛み締め我慢する。

なのに……。

「リリベルは甘い匂いがするな……」

く、首元をスンスンしないで……。

先ほどの変態行為という言葉は心の奥底に封印する。

アレン様ならその行為すら尊い。

変態などととんでもない。

いやでもやられる側としてはちょっと待ったをかけたい。

今すぐお風呂に入って念入りに洗ってくるから待ってほしい……。


どれくらいそうしていたか。

ふと私に回されていたアレン様の腕の力が緩んだ。

ゆっくりと体が離れるも、未だ至近距離で見つめられる。

その蜂蜜色の瞳が甘い色を漂わせているのを見ていると顔が熱くなって、心臓が痛いくらいにうるさく鳴る。

「可愛いな」

「へ……」

破壊的ボイスで信じられない言葉を言われ私の脳は完全に思考停止。

それなのに、アレン様はご尊顔をどんどん近づけて……。

ちゅ。

可愛い音と共に柔らかいものが頬に当たる。


ほっぺたが溶ける………。

落ちてないよね、わたしのほっぺ。

そっと手で頬を確認する。

ある。

めっちゃ熱いけど。

あれ、てか今！

キキキキキキ……。

嬉しそうに笑うアレン様が尊い。

「ふはっ。真っ赤」

本当にかっこいい……。

駄目だ。

こんなの、好きにならないほうがおかしい…。

顔は熱いし、苦しいほど胸は鳴るし。

推しにリアルで恋するなんて。

でも、私は……。

昨日の考えが私の胸を押しつぶすかのように襲い掛かる。

そう、私は当て馬……。

アレン様は学園で出会うヒロインに惹かれるのだ。

私はそれを間近で見ないといけない。

ヒロインが誰を選ぶのかわからないが、出会いイベントでは攻略対象者全員がヒロインに惹かれる描写がある。

それはまだ恋の蕾だけれど。

そこから誰と恋の花を咲かせるのかわからない。

何もしなくとも対象者たちはヒロインを好きになっていくのだ。

それが本命にやきもちを焼かせたりするイベントになったり、絆を強くするイベントになったり。

だから私がアレン様に本気で恋をしたらきっとつらくなる。

そうわかっているのに……。

これはもうきっと手遅れだ。

私は苦しいくらいに鳴る胸をその手で押さえた。

◇　◇　◇

アレン様と婚約をして五か月。

私はお父様や領民の皆と協力して、ベビーローズのローズヒップティーを作ることに成功していた。

これもひとえに皆のお陰。

私は齧《かじ》り知った情報を伝えただけなのに、それを形にしてしまえる領地の農家の方や植物に詳しい方たちは優秀だ。

知らない間に農作物の研究施設までできているが、私はまだ入ったことはない。

あくまで情報提供のみ。


そしてアレン様と私はというと。

定期的にお会いしている。

アレン様が領地に来てくれることもあるが、私が王都に行くときもある。

だが、なにせ王都と領地には馬車で半日かかる距離の問題がある。

婚約者とはいえお互い未成年（この世界では十六歳が成人）なので、保護者同伴以外の外泊は良しとされない。

なので会える時間はごくわずか。

それでもアレン様は時間を見つけて領地まで来てくれるのだ。

私としてもゲームの時よりも甘いアレン様と接することはこれ以上ないご褒美なので、一緒にいる時間を少しでも確保するため朝早くから馬車で王都に通っている。

自分の気持ちに気づいて、学園のことを思うと沈んでしまうこともあるけど。

私は開き直った。

入学までの三年の間、たくさん思い出をつくるのだ。

思えばこんな奇跡はない。

推しと婚約ができて、近くで推しの声を聴けるのだ。

十二歳から十五歳までの成長だって傍で見られる。

ゲームでは確かに声から好きになった。

だけどそれだけじゃない。

顔ももちろん大好きだ。

けどつらい過去があっても挫けずに努力を続けてきたところや、どんなに表情が動かなくても根本がすごく優しいところ。

そういうところに惹かれたし尊敬すらしている。

現実に存在しているアレン様も当たり前かもしれないが同じく努力家で優しい。

だからアレン様からヒロインのことを好きになったから婚約を辞めたいって言われるまでは隣に立ちたいって思った。

本当にそうなったらきっと泣くし、つらいと思う。

でもアレン様が私を必要としてくださる間だけでも私が笑わせたいし幸せだと思ってもらいたい。

アレン様の婚約者になれたあの日から、私はその日が来るまでは楽しく過ごそうと心に決めたのだ。


そして今日も今日とて王都のカフェでお茶をしていると、嬉しそうに微笑みながら私にフォークを差し出してくるアレン様。

今が旬のフルーツがてんこ盛りのタルトがそのフォークには刺さっている。

「リリベル、口を開けて？」

相変わらずアレン様の声に逆らえない私は顔を真っ赤にしながら口を開ける。

ぱくりと噛み締めるとじゅわっと果汁が口いっぱいに広がる。

香りが高く甘みが強い。

そのよく知る味にはっとする。

「これは……！」

私は先ほどの羞恥を忘れ口に手をあてながら咀嚼《そしゃく》する。

「ここのお店、リリベルの領地の果物が使われているんだ」

やっぱり！　とばかりにアレン様を見ると変わらず私を見て笑っている。

うちのフルーツの味には自信を持っている。

手前味噌ではあるが、このブルーベリーやラズベリーもとても美味しい。

そして、それに合わせるかのように甘みをおさえたカスタードクリームとサクサクの生地がこのフルーツの美味しさを倍増させている。

「すごく美味しいです！」

美味しく作ってくれたことに感謝しつつそう言えば、アレン様がその目を細めて眩しそうに笑っている。

いや、眩しいのはその笑顔です。

「良かった。実はこのお店、元はうちのデザートを担当していた料理人が出した店なんだ。うちも出資している。リリベルの領地の果物を取り寄せるようになって、その果物のとりこになったらしい。相当研究してこのタルトを作ったんだ」

「う、嬉しいです」

うちのフルーツを美味しいと思ってくれて、それをさらに美味しく料理してくれるなんて嬉しい以外言葉が出ない。

思わずにやけながら目の前に差し出されるタルトを頬張ると、にこにこ顔のアレン様と目が合った。

相変わらず麗しい笑顔…………、じゃなくてっ！

あまりにもスマートに口の前にタルトが出てくるものだから普通に食べていたが、私はずっとあーんをされ続けていた。

その事実にかあっと顔に熱が集中する。

アレン様ってばまだ十二歳だというのに、なんてスマートなあーんを……。

この年齢は前世では中学一年だ。

まだまだお子ちゃまではないだろうか？

学校とか行ったことないから知らんけど。

日本の中学生は異性にあーんなどしない。

たぶん……。

なんて恐ろしい子っ！

「もう、こんな時間か……」

タルトを食べ終えゆっくりとお茶を飲んでいるとアレン様が時計を見ながら愁いを帯びた声で呟く。

「リリベルと過ごすと時が経つのが早い。だが学園に入れば毎日リリベルと会える。あと二年半だが、それを楽しみに毎日過ごしている」

学園……。

その言葉にチクリと胸を刺す痛みを感じるも、それを奥底に隠し私は笑みを浮かべる。

「私もこうしてアレン様とお会いするのはすごく楽しいです」

私は言いながら忘れないようにバッグから包み紙を出してアレン様に渡す。

「アレン様、こちらを」

「これは？」

「うちのベビーローズで作ったローズヒップティーです。免疫力向上の効能があるので、ちょっとした風邪などに効きます。何もない時でも飲んでいただくと風邪予防にもなります」

ひと月ほど前に出来上がったローズヒップティー。

私や家族はもちろん領民たちにも飲んでもらったから味は保証できる。

それに飲み始めてまだひと月だが領民たちからも風邪をひきにくくなったとか風邪が治ったとかと好評を得ているのだ。

「前に言っていた？」

「はい、そうです。アレン様が言っていた実でお茶を作ってみたら、飲んだ皆からそのような効果が出ていると聞いて。よければアレン様にも、と」

「ありがとう。母と兄が少し風邪気味なので飲んでもらおうかな」

「それはぜひ！　効果は領民たちが証明してくれているので絶大ですよ」

アレン様のお母様とお兄様はお身体が弱いのか、よく風邪をひくとおっしゃっていた。

その所為かはわからないが、お母様もお兄様もゲームでは流行り病に罹ってしまうのだ。

特効薬はまだできていないが、とりあえずローズヒップティーで免疫力を高めることも効果があるのでは、と思いアレン様に渡すことにしたのだ。

これでアレン様のお母様やお兄様が流行り病に負けずにいてくれたならば。

うちにあるベビーローズでは数に限りがある。

特効薬が未だどういうものかわからない以上、その作成は手詰まりになってしまった。

だから出来上がったのはこのローズヒップティーだけ。

だけど少しでも流行り病に対抗できる免疫があれば、罹る時期をずらせるかもしれない。

そうなればダントス領で作られる特効薬にも間に合うかも。

そんな期待を持ってローズヒップティーをできるだけ生産することにした。

だからどうか――。

どうか、この優しい人から家族を奪わないでほしい。

◇　◇　◇

婚約をしてから初めてアレン様の誕生日を迎えた。

十三歳の誕生日を迎えたアレン様には家紋を刺繍《ししゅう》したハンカチと、手作りのクッキーを手渡した。

推しの誕生日なのだからもっと張り切りたかったが、なんせ先立つものがなかった。

それでもすごく喜んでくれていた。


――はず。


はにかんで「ありがとう」と言ってくれたのだ。

あの顔、尊かった……。

ではなくて！

確かに喜んでくれていたはず。

だけど…………。

「なんで、お会いしてくれないのかな……」
部屋で一人ごちる私に、メイドのミアがお茶を淹れなおしてくれる。
そうなのだ。
アレン様の誕生日から一か月。
私はアレン様とお会いできていない。
今までは週に一度はお会いしていたのに……。
手紙は毎日のように来るのだ。
そこには元気でいることとも書かれている。
多忙でなかなか会う時間が取れない、ということも。
もしかしたらプレゼントが気に入らなかった？
なんて後ろ向きな考えも出るが、アレン様はそんなことで気を悪くしたりしない。
そう、この時期だと別の不安が私の胸に押し寄せる。
ちょうどこの時期なのだ。
アレン様のお母様が流行り病に罹るのが。
アレン様への手紙にそれとなくご家族のことも書いてみたけど。
元気でいるという返事は来る。
けれどもそれは私に心配をかけさせまいとしてのことなら？
うーんうーん唸っているとミアがそっと肩に手を置いた。

「お嬢様、スペンサー公爵令息様はきっとご多忙なだけですよ。お手紙にもそう書かれていたのでしょう？」

「うん……。そうなんだけど。ねぇミアの弟は王都にいたわよね。最近何か変わったこと言ってなかった？　例えばなんか病気が流行っているとか……」

私はミアの弟が騎士団の見習いになったことを思い出した。

ミアは私の質問に顎に手を当てて考える。

「そうですね。特に何も言ってはいませんでしたが………、あ。」

「え？　何？」

「いいえ。風邪っぽい症状があったけど、お嬢様から頂いたローズヒップティーですぐ治ったということは言っていました。あと他の見習いの者たちの中にも風邪の症状が出たからローズヒップティーを分けて飲んでもらったら皆すぐに治った、と」

「それは良かったわ！」

やはりローズヒップティーにはかなりの効果が見られるようだ。

それはそれで嬉しい。

だが、それとは別にやはりアレン様と会えない事実が私を暗くさせる。

推し不足である以上にゲームの記憶から心配が後を絶たないのだ。

そんな心配をよそに、それは急に来た。

私とお父様に王宮に来るように王命が下ったのだ——。

第三章 推しの声

あのアレン様との出会いのあったお茶会ぶりに王宮へ足を踏み入れた私。

お父様にいたっては十数年ほど王宮からは足が遠ざかっていたらしい。

何か問題がある以外は王宮に来ることすらないから、国王陛下との謁見の場に先に呼ばれたお父様の顔色は悪かった。

心配げにお父様を見送ったあと、私は別の部屋へと案内された。

そこにいたのはなぜかフィリップ殿下。

「君がアレンの婚約者のリリベル嬢か」

驚きで一瞬フリーズしてしまったが、慌てて礼を取る。

「ハートウェル伯爵家が長女リリベルと申します」

「堅苦しい挨拶はいいよ」

殿下の声はすごく柔らかい。

しかも滑舌が良くて聞きやすい。

アナウンサーになったら人気が出そうだ。

人の上に立つ人なら聞きやすさはかなり重要だ。

ビシッと決めるときは張りのある声が出て人々を従わせられるようなそんな力強さも持ってい

る。

そんなことを考えながら頭を上げ、姿勢を正す。

お茶会のときは食べてばっかりでちゃんと見ていなかったが、目の前のフィリップ殿下はまさに物語に出てくる王子様のようだ。

さすがゲーム内での正統派王子様。

王家に受け継がれる輝くような黄金の髪。

瞳は初夏を思い出させる若葉色。

それらがバランスよくおさまった顔に悠然たる笑みを浮かべながら私の目の前に立つ。

まだ十三歳だというのにすでに王族の威厳を漂わせる殿下に自然と背筋が伸びる。

そ、粗相をしないようにしないと……。

普段領地にこもって農作業などをしている私にはこのキラッキラした王子様は眩しすぎる。

とりあえず愛想笑いを浮かべる私の手を流れるような仕草で取った殿下により、気づけば私はフィリップ殿下の隣に腰をおろしていた。

あれ、いつのまにソファに！

というくらい自然な振舞いに私は目をぱちくりする。

そんな私をよそに殿下は人好きのする笑顔を浮かべる。

「お茶会以来かな。フィリップ・クリストフだ」

にこにこ笑う顔はとても友好的だけど、そこには決して腹の内は読ませないという上に立つ者の意思も感じられる。

「ふふ、アレンがずっと隠している婚約者殿にはとても興味があったんだ」

いたずらが成功したような笑みを漏らす殿下を思わずじっと見てしまう。

いやいや、隠すとは？

田舎の方の領地なのでなかなか王都に来られていないだけですよ。

そうとは言えずとりあえず笑うことしかできない私。

ゲームの中のフィリップ殿下と言えば、幼いころから優秀で周りからの信頼も厚い王太子殿下。

まだ幼い第二王子との確執もなく、この国の国王となるべく生まれた人。

ただ、やはりそこは一人の人間としてそれなりに重責を感じている。

そしてそれを周りに感じさせない器用さもある。

だが、ただ一人ヒロインがそのことに気づくのだ。

殿下自身も気づいていなかった周りからの期待からくる孤独やプレッシャーに。

それに気づいてくれたことによって、殿下の中でヒロインが特別になり安らぎを与えてくれる唯一無二の存在になっていく。

普段は飄々《ひょうひょう》としている殿下がヒロインだけに見せる甘えた表情が、ゲーム中一番の萌えポイントとして人気を博していた。

ゲームの内容を整理しつつ、愛想笑いを浮かべながらじりじりと殿下と距離を取る。

そんな私をふっと笑いながら見た殿下が軽く手を挙げて合図すると、部屋に控えていたメイドさんたちがお茶の用意を始めた。

「急に王宮に呼び出されて驚いただろう？」

「は、はい」

綺麗な所作でお茶を飲むフィリップ殿下が、ちらりと私を見る。

「ベビーローズからできたローズヒップティー」

「え……？」

「君の領地のものだよね？」

殿下からの突然の言葉に私は驚きから言葉を失う。

ローズヒップティーはこの世界に無かった。

だからそれは私が勝手に呼んでいた名前。

そのまま薔薇の実から作ったお茶だから問題はないと踏んで使っていた。

いつの間にかその呼称が広まっていることにも驚いたが……。

それにしても何かまずかったかしら……。

殿下のこの質問はどういう意図？

貴族との交流が極端に少ないため、私は腹芸が苦手だ。

しかも相手はその手のことには慣れた王族。

その意図なんて考えてもわかるはずもない。

私は早々に白旗を上げる。

元より王族相手に腹を探るなんて土台無理な話なのだ。

正直に答えるしか私にはできなかった。

「そう……です……」

小さな声しか出せなかった私に殿下は柔らかく笑った。

「そう緊張しないで。大人の話は私や君の父上がしているだろうから。これは普通の子ども同士の雑談だと思ってほしい」

「雑談……」

殿下の顔を見ているとそうとは思えないから不思議だ。

どちらかと言うと密談に近い雰囲気を醸し出している。

「そう。雑談だ。実はローズヒップティーというものが、ここ最近王都で流行りつつあった病に効くと評判でね。まだ小さな噂程度なんだけど、騎士団を中心にこの噂は出回っている」

騎士団と聞いて私はミアの弟の話を思い出す。

「それとスペンサー公爵家なんだけどね……」

「ア、アレン様の……」

スペンサー公爵家の名が出たことで私は思わず身を乗り出してしまった。

「ふふ、アレンの家のことになると顔色が変わったね」

そうはっきりと指摘されると恥ずかしい。

やはり私に腹芸は無理だと諦めつつも、乗り出してしまった姿勢を正す。

「アレンの母君と兄君の体調が悪かったのだが、そのローズヒップティーを飲んで回復したらしい。アレンから報告を聞いて王宮にもいくつか譲ってもらって体調の悪い者に飲ませたら効果が出てね。渋々だったけど、アレンから聞き出したんだ。リリベル嬢の領地で作られたものだと」

「そうでしたか……」

その話を聞いて私は心底ほっとした。

アレン様のお母様もお兄様も流行り病には罹っていない。

風邪気味だと聞いていたがそれすら回復したのならローズヒップティーを作った甲斐もあったというものだ。

特効薬ではないにしろ、やはりローズヒップティーはそれなりの効果があるみたいでそれも嬉しい話だった。

「それで、あれはどういった経緯で作られたのかな？　薔薇と言えば普通は観て楽しむものだろう？」

「それは、アレン様がそのようなことを仰っていまして。ベビーローズの実から作ったお茶を飲むところがあると……」

「それで作ってみたの？」

殿下が心底不思議そうな顔をしている。

まさかそれだけの理由？　とでも聞きたいかのようだ。

そう、理由と言えば特効薬のためにヒントにならないかと思って作り始めたものではあるが、そんなこと正直に言えるわけもなく。

「ど、どんな味かと興味がありまして……。えと私、実は美味しいものに目がなくて。美味しかったらいいなと思って作ってみました。そうしたら結構味も良かったですし、なぜか、そうなぜか！　飲んでいたら風邪をひきにくいとか、風邪が治ったとか色々と効果があって、それが領民たちからも好評で！」

「へえ……、そうなんだ」

なんだか殿下の笑顔が黒いような……。

なんだろう、何か粗相をしてしまっただろうか。

へ、変な話はしてないわよね。

ちょ、ちょっと噛んだのがいけなかったかしら？

でもさすが将来国のトップに立つであろう人物。

オーラがすごいのよ……。圧ともいう……。

「それでリリベル嬢の領地には今どれくらいローズヒップティーがあるの？」

ふっと殿下の表情が和らぎ、先ほどまでの緊張感も若干緩む。

何とか、誤魔化せたかしら。

「あ、うちの庭に植えたベビーローズで作ったので、もうそれほど数はありません」

「そうか……。じゃあこれから本格的に病が流行ると危ないな……」

殿下が顎に手を当てて深刻な表情になる。

確かにうちの領地にあるベビーローズだけでは数は知れている。

これから流行り病が広がるということを考えるとそれだけでは圧倒的に数が足りない。

だが、それなら……。

「あの……」

「ん？」

「ベビーローズの苗は南の領地のものです。苗をくれた方が言っていましたが、そちらには豊富にベビーローズが咲き誇っていたそうです」

「そこは、何という領地だ？」

「ダントス男爵の領地です」

「そう」

にっこりと笑った殿下が距離を詰めてくる。

え、なんで？

私は引きつった笑顔を張り付けながらそっと距離を取る。

「貴重な情報をありがとう。リリベル嬢とはもう少し話をしたいな……」

そう言ってまたしても距離を詰める殿下に、私はかろうじて笑みを保ちつつ殿下から離れる。

するとまた殿下が近づき、私が離れる。

何度も繰り広げられた私と殿下の攻防戦だったけど、それももうできない。

私の体はソファのひじ掛けにぶつかりそれ以上移動できなくなってしまったから。

どうしたものか、と冷や汗をかく私に変わらずニコニコ顔の殿下。
笑っているのに笑っていないような……。
そんな矛盾を感じてしまう殿下の笑顔。
そんな時、大きな声がこの場に響いた。

「フィリップ！」

え……？
その声に心が揺さぶられる。
大きく心臓が鳴って。
頭の中でその声がリフレインし続ける。
腰が砕けそう。
本質は変わらない。
この声は優しくて甘さを含むアレン様のもの……。
そこに深みを帯び少し低くなったこの声に自然と私の心が震える。
とても懐かしい。
これは……。
私の前世での最推しの声――。

ゆっくりと振り向くと部屋の入り口にアレン様が立っていた。

「ははは、来る頃だと思ったよ」

未だ私と距離を詰めたままの殿下が穏やかな笑みを浮かべる。

「近いっ！　離れろ」

そんな殿下に近寄ったアレン様はグイっと殿下の肩を押しのけ私から距離を取らせた。

いくら仲がいいとはいってもそれは不敬では、と頭の片隅で思ったが、そんなことよりも別のことに意識を持っていかれる。

「ア、アレン様……」

震える声しか出なかった。

先ほどから聞こえる声は前世で繰り返し何度も聞いた最推しのもの。

「あっ……、えっと、久しぶり……」

対するアレン様は私とは目を合わせることなく視線をさ迷わせる。

それがどんな言葉でもついついそのお声に聞き惚れてしまう。

「アレン様……声が……」

「あー……、うん……」

なぜだか歯切れの悪いアレン様は困ったように人差し指で頬を掻く。

「この声、変じゃない？　リリベル俺の声が好きだって言ってたから……」

なんてことっ！

変なんてことあるはずがない。

私が今まで聞いたどんな声より最上のものなのに。

「す、素晴らしいですっ！　もちろん今までも素敵ですが、深みが出て大人っぽくて、すすすごくいいです」

思わず興奮して私は前のめりに答える。

アレン様にだけは誤解されたくない。

私が好きなのはアレン様の声なのだ。

前世ではこの今の声しか聴いたことがない。

それに惚れ込んだのはもちろんの話だが、こちらに転生して声変わり前のアレン様の声を聴いて。

私は確信したのだ。

子どもの声も大人になった声も。

それがどの時代のものでもアレン様の声である以上、私にとっては最高で唯一のものなのだ。

「ぶっ」

ん？

今誰か噴き出した？

私は思わず握りしめていた拳をそのままに、ぎぎっと音が鳴るように首を曲げる。

そこにいるのは肩を震わせるフィリップ殿下。

わ、忘れていた…。

ここには殿下もいたのだ。

「何？　これがリリベル嬢の素顔なの？　ふっ、はは！　面白いね」

涙で滲んだ目を指で押さえながら隠すことなく笑う殿下に、私は身体の前で握っていた拳をそっと下ろす。

すでに手遅れだろうが、そっと貴族の仮面をかぶりなおし微笑みを湛えてみる。

駄目だ。

殿下の笑いが止まらない。

「もう少し詳しく話が聞きたかったけど、一番の目的であるローズヒップティーのことも聞けたし、私も公務に戻るよ。リリベル嬢、父上の方はもう少しかかるかもしれないからアレンと庭でも散歩しているといいよ」

ひとしきり笑った後にふうっと一息ついたフィリップ殿下の顔は、もう王太子殿下のものになっていた。

◇◇◇

「ごめん、リリベル」

色とりどりの花が咲き誇る庭園で聞こえる最推しの声。

ふわあ、いいお声。

いい香りを漂わせる綺麗な花、そして耳からは極上の声。

最高のシチュエーション……。

じゃなくてっ！

推しが謝っている！

私がアレン様の顔を見ると、申し訳ないとばかりに暗い顔をしたアレン様と目が合った。

「初めに声が変わったとき、風邪かと思ってリリベルと会うのは日を改めようと思っていたらどんどん声が低くなって……。それでリリベルと会うのが怖くなった」

「こ、怖い……？」

「俺の声が好きだと言ってくれていたから、今の声を聴いてリリベルがどう思うか考えてしまって……」

なんてこと！

私は思わずアレン様の手を両手で握りしめた。

「私は！　どんな声でも、それがアレン様を形成しているものである以上、大好きですっ！」

これだけはアレン様にわかってもらわないと！

声変わり前だろうと今の声だろうと。

それがアレン様の声である以上最高のものなのだ。

目の前のアレン様の顔が驚きに変わる。

そこで私ははたと気づく。
今私の手の中には、アレン様の手……。
なにやらすごく握りしめている。
「す、すみませ……っ！」
離そうとした手はアレン様の手によって阻まれる。
私の手を握りこんだアレン様はそのまま指の間に自分の指を絡ませた。
こっ、これは前世漫画や小説で見た、ここここ恋人繋ぎ……っ！
私が驚き顔を真っ赤にしたところでアレン様から爆弾発言。
「俺もリリベルが大好きだ」
えっと。
倒れてもいいですか？
推しが極上ボイスで最高のセリフを言っているんですが？
ここにボイスレコーダーがあったなら！
録音して何度も再生できるのに！
目覚ましにもいいかもしれない。
いや、駄目だ。
目覚めと共に倒れてしまう。
今倒れていないことが奇跡なのだ。

しかも照れ顔！

心のメモリーにセリフと共に刻み込みます！

こんなのご褒美が過ぎる！

「あと、ありがとう。リリベルからもらったローズヒップティーが効いて母上も兄上も今はすごぶる調子がいいんだ。そのことで少しバタついたりもしたけど……。ってリリベル大丈夫？」

アレン様の心配げな声に我に返る。

未だ頭にリフレインする大好きという言葉を気合で心に押し込める。

「だ、大丈夫です！　でも良かったです。お二人ともお元気なんですね」

「うん、リリベルのお陰。ありがとう」

「いえ！　そんな」

特効薬ではない以上不安は残るけど、お元気になられたことは単純に嬉しい。

推しの悲しむ姿は見たくない。

「それで、フィリップは何か言っていた？」

アレン様の言葉に私は先ほどの殿下との会話をかいつまんで説明する。

するとアレン様は少し険しい表情をしながら、繋いでいない方の手を顎に当てる。

「フィリップはさすが王族だけあって勘がいい。リリベルに何か利用価値を見出したかもしれない」

「利用価値……ですか？」

そんなものあるかな？

私は首をひねりながら考える。

「俺のちょっとした話だけで、すぐにお茶を作ることに成功しているだろう？　リリベルには色々な知識があるんじゃないかってフィリップは思っているみたいだ。今回のことも陛下ではなく同い年であるフィリップと話をすることで、リリベルから何か情報を引き出そうとしたんだと思う」

そう言えばお茶を作った時の話をしたときはフィリップ殿下の笑顔が黒かったような……。

私はその時を思い出しブルリと震える。

「俺も婚約をしてからずっと、リリベルの博識さには驚いていたんだ。君の知識は柔軟で新しいものがたくさんある。それは権力なんてものに利用されていいものじゃない。ハートウェル伯爵とも、王族がリリベルに注目しないように、君の知識や発想は領地だけに留めておけるようにという相談をしていたんだ」

し、知らなかった。

確かに私が前世で知りえた情報は、こちらでは新しいものが多く、だからこそ色々試せるのが楽しかった。

その知識によって物事に便利で良い影響を与えていくのが嬉しくて。

私がやっていることなんてそんな大それたことじゃないと思っていた。

だけど新しい知識は時に争いも生む。

それは歴史なんかでも語られている通りだ。

私はお父様やアレン様に守られていたのだ。

「そ、そうだったのですね。私、何も深く考えず、守られていたことにも気づかず……」

自分の浅はかさが恥ずかしくなった。

「リリベルはそれでいいんだ。ハートウェル伯爵もリリベルと色々試行錯誤するのを楽しんでいるようだし。それに……」

そんな私にも優しい言葉をくれるアレン様。

ふと言葉が途切れたので、私は俯いていた顔を上げる。

はうっ！

甘い顔のアレン様、頂きました！

ありがとうございます！

心の中で拝んでいるとアレン様はおもむろに私の髪の毛をひと房その手に取った。

そしてそのままそれはアレン様の薄くて形の良い唇へ。

「俺はただ単にフィリップにリリベルを奪われたくないだけ。ただの私情だ」

私より背が高いのに、上目遣いをするという器用なアレン様に悶絶死しそうです。

案の定真っ赤になる私に、これまた目が溶けてしまうほどの極上の笑顔を向けるアレン様。

推しが尊すぎる……。

◇　◇　◇

豪奢《ごうしゃ》な調度品が並ぶ部屋。

ふかふかで座り心地が最高なソファ。

目の前には美味しそうなお菓子と温かなお茶。

お菓子が盛られているお皿もお茶の入ったカップもどれも品があり美しい。

右隣には最上の声を持ち、最高のお顔を持つ最推しのアレン様。

そして正面には穏やかな笑みを浮かべるフィリップ殿下。

そして左隣には、豊かな黒い髪をカールさせ、サファイアを思わせる青い瞳に思慮深い光を滲ませながら美しい所作でお茶を飲むアナスタシア様。

三人ともにこの豪華な部屋に少しも負けていないほど輝きを放っている。

アナスタシア様と言えば、泣く子も黙るこの国の筆頭公爵家であるランカスター家のご令嬢であり、王宮でのお茶会の時にフィリップ殿下の婚約者に選ばれた方。

家柄はもちろんこの年齢で淑女の鑑《かがみ》とも言われ、私たちの年代では一番有名なご令嬢であるのは確か。

私は左側を盗み見ては、ほうと息を漏らす。

それほどに綺麗なお顔なのだ。

黒い髪は前世日本人としてなじみ深いのはもちろんだが、きちんと手入れされたそれは輝いて濡れ羽色とはこういうものかというほど美しいし、肌は陶磁器のように白くそこに色づくうっすらと薔薇色の頬。

小さな唇は赤く色づき、十三歳なのにすごい色気を放っている。

長いまつ毛に縁どられた大きな目はとてもきれいで吸い込まれそうだ。

どれをとってもため息が出るほどの美しさ。

それはきっと内面から滲み出る淑女としての嗜《たしな》みもあるのだろう。

所作はどれも綺麗で、領地では及第点をもらっている私のマナーなんてアナスタシア様の足元にも及ばない。

うん、もっと色々がんばろう。

私はそっと心の中で決意した。

そう、なぜ私がこのように美しい人たちに囲まれながらお茶をしているかというと。

それは昨日の夕方まで時間が遡《さかのぼ》る。

アレン様と王宮の中庭を散策した後、私は部屋に戻りお父様と数時間ぶりに話ができた。

陛下との話し合いのなか、王宮はダントス領にベビーローズの実を献上するよう使いを出したらしい。

王都からダントス領までは早馬でおおよそ五時間ほど。

それでも王家直々の勅命であればダントス領は従わざるを得ない。

ただ急いでもベビーローズの実が王宮に届くのは明日の朝。

お父様には届いた実からローズヒップティーを作るようにと王命が下った。

そのためその日は王宮で泊まり、届くと同時にお父様がローズヒップティーの作り方を王宮にいる研究職の人にレクチャーするということになったのだ。

そして今日。

私はなぜかフィリップ殿下からお茶に誘われ、この部屋に連れてこられたところ、アレン様とアナスタシア様もいたというわけだ。


「リリベル、昨日はゆっくり眠れたか？」

回想が終わったところで、アレン様の気遣うような声が聞こえた。

「はい！　王宮のベッドはすごくふかふかですぐに寝てしまいました」

客室にあったベッドはさすがに素材が違うのか最高の眠り心地だった。

家のベッドに何の文句もないが、スプリングの違いかやはり王宮のものとは比べ物にならない。

コイルの質か詰め物の種類か、なんて本気で考える。

だが、そんな話をすればフィリップ殿下に興味を持たれてしまいそうで、それ以上は口を噤《つぐ》む。

いらぬことを話さないように、ずっと美味しそうに鎮座する目の前のピンク色をしたマカロンを口に運んだ。

うまあ……。

口に入れた瞬間、その美味しさに悶絶する。

味はベリー系。

甘酸っぱく芳醇な香りと味が口いっぱいに広がる。

私は咀嚼しながらしばらくその味にうっとりとしていた。

「リリベル、それが気に入ったのか？　俺のも食べるか？」

右を見れば柔らかな笑みを湛えながらピンク色のマカロンを手で持って私の目の前に差し出すアレン様。

「え、でもこれすっごく美味しいのでアレン様にも食べて欲しいです」

美味しいものはアレン様も味わってほしい。

私はそう思ってそのマカロンをアレン様にも勧める。

「そうか……」

なぜかシュンとした様子でアレン様はそれを口に運んだ。

「どうですか？　アレン様好みですか？」

推しの好みの情報収集も楽しみの一つなのだ。

私はアレン様の表情をじっくりと観察する。

「うん、美味しい。だが俺はリリベルが誕生日にくれたクッキーの方が好きだな」

はい、もう百点です。

回答がイケメンです。

あんなものでよければいくらでも差し上げます！

悶える私はふと視線を感じそちらに視線を向ける。

にやにや笑う殿下と、扇子で口元を隠しながらも目を見開いてるアナスタシア様。

「アナスタシア、面白いだろう」

「あ……、失礼しました。……そうですね。スペンサー様のそういった表情は初めて見ました」

驚いた表情を見せたことを謝りながら、アナスタシア様は姿勢を正した。

「いつもの仏頂面が嘘のようだろう？」

殿下がやけに楽しそうだ。

それにしても仏頂面だなんて。

殿下にはアレン様のご尊顔の素晴らしさがわからないのかしら。

ちらっと横を見ると、殿下の言う事など気にもしていないアレン様がお茶を飲んでいたが、私の視線に気づくと優しく微笑んでくださった。

はい！　眩しいっ！

その笑顔、お金取れます。

私がアレン様の笑顔にクラクラしていると、部屋付きのメイドさんが傍に来て殿下に何やら話をしていた。

「わかった。すぐ向かうと伝えてくれ」

そう言うとアレン様と目配せをしながら殿下は席を立った。

「すまない。急用ができた。しばらくしたら戻るから二人はお茶を楽しんでいてくれ」

「リリベル、すぐ戻るから」

私の頭に手を置いたあと、そう言いながらアレン様は殿下と共に部屋を出て行ってしまった。


残ったのは私とアナスタシア様。

「あの、ランカスター様……」

何か話題を、と思い名を呼んだところでアナスタシア様がこちらを見て微笑んだ。

「アナスタシア、とお呼びください」

先ほどから思っていたが、美人は声も美人。

よく通る声がすっと私の耳に入る。

そしてなんと！

名前呼びまで許してもらった。

「ア、アナスタシア様……。私もリリベル、と」

「リリベル様はお菓子をお作りになられるのですね」

アナスタシア様の言葉は先ほどアレン様が言っていた誕生日のクッキーのことだと思った私は「はい」と返事をする。

「何かを作るのってとても楽しくて。粉とか水とか卵とか。混ぜ合わせる全ての素材に意味があって、さらには作り手によって様々な形と味になって出来上がる。可能性は無限大ですよ。それはお菓子だけでなく、料理や衣服や食器なども」

多少、いやかなり興奮して話していたことに気づき私は椅子に座りなおす。

「まあ。確かにそうですわね。……………花もそうでしょうか？」

それなのにアナスタシア様は気にした様子もなく私の言葉に同調してくれる。

それに気をよくした私はその言葉に大きく頷く。

水・土・肥料・日光。

植物にかかわるものの品質で育つ植物の質も変わる。

花も例外ではないのだ。

私は興味を持ってくれたことが嬉しくてアナスタシア様に向けて色々知っている情報を話す。

興味深げに私の話に耳を傾けるアナスタシア様が綺麗で尊い！

土や肥料、果ては前世の記憶にある花の交配など、話に花が咲く。

花だけに！　なんて！

とそこまで話してハッとする。

昨日のアレン様の言葉を思い出し顔を青くさせる。

しまった。

アナスタシア様はフィリップ殿下の婚約者なのに色々話し過ぎたかも……。

あわあわと一人顔を青くしていると、アナスタシア様が恥ずかしそうに下を向いた。

「実は……、私、花を育てるのが好きなんですの……」

決死の覚悟で、という感じで小さな声で話すアナスタシア様。

恥じらうアナスタシア様、可愛すぎる！

可憐なお姿に花が似合いすぎて思わず拍手をしてしまいそうだ。

だが当のアナスタシア様のお顔はなぜか暗い。

「ですが、公爵家ではいい顔はされないから。貴族の令嬢が土いじりなんて……」

確かに……。

アナスタシア様の言葉に思わず納得する私。

自分で言うのもなんだが、うちは貴族の中でも結構変わり者だ。

普通は貴族のご令嬢が土を扱うなど良しとはされない世界だ。

うちはお父様も一緒になって土まみれになっているからついつい忘れがちだけど……。

「だから私、日々の課題を頑張って少しでも早く終わらせてこっそり庭師の元で花を育てることにしたのです」

「アナスタシア様逞しいです！」

私は顔の前で手を合わせながら感嘆した。

言われて諦めるではなく、そのための時間を努力で捻出するアナスタシア様を格好いいと思った。

そう思っての言葉だったのだが……。

目の前のアナスタシア様は驚いた表情で私を見つめている。

あれ……？

私はそこで自分の失言に気づく。

「はっ、いえあのこれは褒め言葉だったんですが、か、格好いいな、と……。あれ、これもご令嬢に使う言葉ではなかった……です……よ、ね……」

徐々に声が小さくなる私だったが、目の前のアナスタシア様の肩が揺れている。

思い出したかのようにばっと扇子を広げるも、惜しい遅かった。

もうすでに笑ってしまっているの見えてますよ～。

「ご、ごめんなさ……。は、初めて言われた……もの、で……ふふっ」

なんかアレン様にも似たようなことを言われた気がするが。

それにしても、淑女の鑑と言われている方を爆笑させるってどうよ。

でも――。

アナスタシア様のその表情は年相応の屈託ない笑顔でとても素敵だった。


「リリベル様、ありがとうございます、先ほどのお話、とても勉強になりました。さっそく試したいこともできましたし、すごく為になって楽しかったです」

楽しげに目を細めるアナスタシア様に、私は先ほどの懸念を思い出す。

「あの、こういうお話は殿下には……」

私も王族に興味を持たれたくはない。

今までのように楽しくお父様たちとのんびりと研究を続けたいだけなのだ。

そんな私の気持ちを見透かしてか、アナスタシア様は綺麗にふわりと笑った。

「花を育てるのが好きなことをお話ししたのは庭師と私付きのメイド以外ではリリベル様しかいませんわ。これは私とリリベル様との秘密です」

誰にも聞かれないようにこそっと耳打ちをするように囁かれる。

はい、いい人！

綺麗だし頭はいいいし、所作も綺麗だし優しいし。

そんなアナスタシア様と私は文通友達という嬉しい間柄にステップアップした。

お互いの近況や、また花に関する知識を思い出したらアナスタシア様に真っ先にお伝えするために。

のちほど帰ってきたアレン様とフィリップ殿下からは「いつの間にそんなに仲良く」と不思議がられたが、私は初めての同年代の友人ができたことに舞い上がっていた。

そうこの時の私はすっかり失念していたのだ。

アナスタシア様がフィリップ殿下ルートの当て馬の悪役令嬢だということを——。

◇　◇　◇

王都でローズヒップティーの作り方を伝授したお父様と共に領地に戻ってから三か月経った。

本来なら流行り病が蔓延し、かなりの人が亡くなっていた時期ではあるが、今のところそんなニュースは流れてきていない。

ただ病に罹る者は一定数いたため、ついこの間出来上がったという特効薬が少し話題になっただけ。

そしてその特効薬よりも、病を未然に防ぐことができたローズヒップティーの方が有名になったことを私が知るのはもう少し後のこと。


「うーん……」

私は今王都で購入したライラックの花がイラストされている封筒を前に唸っていた。

アナスタシア様への手紙を書き終え封をしたところだ。

ちなみにアナスタシア様へのお手紙は毎回花の絵柄を選んでいる。

今回はライラック。

今の季節である春の花だし、花言葉は「友情」だったはず。

こちらの世界には花言葉という概念はないが、これは私のちょっとしたこだわり。

花の名前は基本的に前世と同じ。

日本ほどの温度差はないがちゃんと四季だってあるので、こちらでもちゃんと四季折々の花が咲く。

なので私は、花が好きなアナスタシア様に宛てて書く手紙には季節に合わせた花の便箋を使うことにしたのだ。

それはさておき、なぜ私が封筒を前に唸っているかというと。

毎度うっかりが過ぎて嫌になるが、あの綺麗で完璧なご令嬢であるアナスタシア様がフィリップ殿下ルートの悪役令嬢であることを思い出したからだ。

私はあのゲームを買ってから一度は全員分のルートをクリアしている。

だからフィリップ殿下ルートもやっている。

そこでのアナスタシア様とフィリップ殿下は親同士が決めた婚約者というだけ。

そこに気持ちはなく貴族同士の冷めた繋がり。

ただ王妃になることに全てを懸けているアナスタシア様が、その座を脅かそうとするヒロインを疎《うと》むのだ。

あの手この手でヒロインに嫌がらせをして、ついには犯罪紛《まが》いのことまでしでかしてしまう。

そして最終的に殿下によって断罪されてしまうのだ。

でも、私の知っているアナスタシア様はそんなことするはずがない、と断言できる。

知り合って、文通友達になってからまだ三か月しか経っていないが、それでも自信をもってそう言える。

アナスタシア様は十三歳という年齢の割に大人びた顔立ちの美女で、とても迫力がある。

それでもあの時、花が好きだと言っていた時のアナスタシア様は年相応の可愛らしい表情をされていた。

それがあのヒステリックにヒロインに絡むゲームの悪役令嬢であるアナスタシア様とはどうも結びつかない。

何よりも、この世界に貴族として生まれて思うけど、あの人ほど王妃に相応しい人はいないと思う。

教養、立ち居振る舞い、マナー、美貌。

どれをとっても最上、いや極上だ。

その上可愛らしさや公正さだって持っている。

王都にいる時に思ったけど、フィリップ殿下だって結構アナスタシア様を大事にされているように見えた。

まあ、王族だし腹の底では何を考えているかわからないけど。

それでも二人の雰囲気はとても柔らかかった。

私はついこの間届いたばかりの手紙を広げる。

すごく綺麗な文字が並んだそこには、花の交配を始めたことが書かれてある。

挑戦することが楽しそうで、失敗しても挫けない強さがあって。

近況として書かれてあるフィリップ殿下に対しても愛情を感じられる。

それに、最近フィリップ殿下直属の近衛騎士になったアレン様のちょっとした情報も教えてくれるところが優しくもある。

アナスタシア様の手紙の最後にも書かれ、アレン様と会った際にも最近言われることがある。

二年後の学園が楽しみだ、と。

前世で学校にも通えなかった私からしたら、それはもちろん楽しみだ。

たくさんの同年代に囲まれて勉学に励み、競い、そして生活を共にする。

想像するだけでそれは心が逸る……のだが。

私にとってそこはアレン様との別れを意味する場でもあるかもしれなくて。

それを思うと既に寂しさを感じてしまう自分もいる。

いや！

駄目駄目！

暗くなるのなしっ！

楽しい思い出をたくさん作ると決めたのだ。

今は奇跡の時間だ！

私はそう自分に言い聞かせる。

それに――。

もしかしたらアナスタシア様も当て馬になるかもしれないのだ。

私は気高くも優しい友人を思うと、そちらもつらい。

でも！

私の知っているアナスタシア様は誰かをいじめたりしない。

犯罪なんてするわけない。

もし、よく聞くゲームの強制力とやらが働くなら、私がその足にタックルしてでも止める！

やればできるっ！

私はそう自分を奮い立たせた。

運命の学園生活が始まるまで、あと二年――。

◇◇◇

なんてこと思っていたけど………。


「時が経つのって早い……」

私は今王都に向かう馬車の中。

数日後に入学式を迎える学園の寮へ入るため、着替えなどと共に馬車に揺られている。

早いもので私も十五歳となり、ゲーム開始の舞台ともなる学園へ入学する年になった。

この二年、アナスタシア様はもちろんアレン様とも思い出を作ってきた。

うん、大丈夫。
何があっても推しの幸せのためだもの。
大好きなアレン様が選ばれたことに私は従うだけだ。
推しの幸せこそ私の幸せ！
そう心の準備をしたところで、学園の寮に着いた。
「リリベル！」
馬車のドアが開くと、そこにいたのはアレン様。
「ア、アレン様……」
私に向かって手を差し出してにっこり笑う。
笑顔が眩しい！
今日もいい日になりそうです。
どんなに落ち込むことがあってもこの笑顔にはいつも元気をもらえる。
ありがとうございます。
と心の中で拝み私はアレン様の手を取った。
この二年の間にアレン様はかなり背が伸び、顔も精悍《せいかん》になっていた。
ゲームでよく見たご尊顔そのもの。
馬車を降りた瞬間、私はぐいっと手を引かれアレン様の胸にダイブする。
というより抱き込まれている。

「アアアアレン、さま……？」

逞しい体に、アレン様のめまいがするほどの香りに、私の脳がパニックを起こす。

「やっとこの日がきた。リリベルとずっと近くにいられる」

熱い吐息とともに脳に直接響く美声に足に力が入りません……。

十五歳のアレン様は何とも言えない色気を帯びて、いろいろとやばいのだ。

王都を歩けば誰もが振り向くイケメン具合。

次期国王とも名高いフィリップ殿下の側近でもあり騎士団でも一目置かれる存在。

そんな方をほかの令嬢方が放っておくわけがないのだ。

ご令嬢方にも人気が高いアレン様なので、私に対するご令嬢方からの圧がすごい。

今もかなりの視線を感じている。

まあ、そんなもの推しのご尊顔を間近に見られて声を耳元で聴けるってだけで吹っ飛ぶくらいだけど。

「今日は入寮だろう？　俺は女子寮には入れないから手続きが終わったらどこかへ行こう」

私から体を離してそう言うアレン様の顔は周りの視線も何のそののキラッキラの笑顔。

はあ、眼福。

この笑顔を守るためならばどんなことでも致します！

全ては推しの幸せのために！

私は「はい」と返事をしながら心の中で片手を振り上げて気合を入れる。

ついにやってくるのだ。
最初のイベントともいえる、王立ローズ学園の入学式が。

第四章　推したちの出会いイベント

私は今、寮の部屋でぶつぶつ言いながら歩き回っている。

周りから見たら怪しい人かもしれませんが、今は部屋で一人なのでセーフです。

明日に迫った学園の入学式に想いを馳せているところなのだ。

というかおさらいね。


ゲームの始まりはヒロインの領地から。

領地を出る前夜。

最初はヒロインの幼馴染であるオリバー様との会話から始まる。

オリバー様ルートではここでの会話も重要ポイント。

そしてそのあとオープニングムービーが始まって場面は学園へと変わる。

学園の入学式の日にアレン様とフィリップ殿下とギルバート様との出会いイベントが起きるのだ。

出会いはそう、入学式が終わって教室へと向かう長い渡り廊下。

歴史あるローズ学園の重厚な柱が立ち並び、春の日差しが差し込むあの廊下。

神秘的で、何と言ってもビジュがいいのよ。

陽ざしに透けるのはベビーローズの色と同じベビーピンクの髪。

ふわふわの髪をハーフアップにしたヒロインがその廊下でフィリップ殿下や側近たちとすれ違う時。

ふわりと落とした白いハンカチ。

はい、ここ王道展開です。

なにしろ王道なのが受けていたゲームだからね。

ハンカチを拾うのがフィリップ殿下。

そのハンカチの刺繍が見事な出来だったため、フィリップ殿下の目に留まるのだ。

そしてそこで前を行くヒロインを呼び止める。

これがフィリップ殿下とアレン様とギルバート様の三人とヒロインのファーストコンタクト。

ここでの会話の選択によってそれぞれの好感度が上がるという仕組みだ。

このときの三人揃って談笑しているスチルも素敵なんだよね。

けど……。

実際に今その場面を楽しんで見られる自信なんてない。

怖い。

攻略対象者たちは全員ファーストコンタクトでヒロインに好感を持つ。

目を引く容姿をしていることとその純粋さや天真爛漫さが、普段気位の高い貴族のご令嬢を相手にしている攻略対象者たちからは珍しく映り、そこに惹かれる。

ルート外の攻略対象者たちはヒロインと恋をすることはなくても、特別な存在にはなるのだ。

前世ではあの時のアレン様に何度悶絶したかわからないけど、今その場面を……、私以外に優しい目をするアレン様を想像すると、勝手なこととはわかっているけどやっぱりつらい……。

どんよりとネガティブなことを考えてしまっていた私の耳にノックの音が聞こえる。

今日も今日とてアレン様とお茶の約束をしているが、時間にはまだ少しある。

私は不思議に思いつつ部屋のドアへ向かう。

「はい。……っ！」

ドアを開けた瞬間、私は息を呑んだ。

真っ先に目に入ったのはふわふわと柔らかそうなベビーピンクの髪。

こちらを見つめるくりくりとした目は、晴れた青空のよう。

その顔に笑みを湛えてその少女はそこに立っていた。

うわあ……。

本物だあっ……。

何度も何度もこの姿で攻略をしてきた、バラ君のヒロインがそこにいた。

私は先ほどのネガティブな考えも吹っ飛んで目の前の美少女をマジマジと見てしまう。

これは確かに見惚れてしまうやつだ。

辛い気持ちもあるが、やはり前世でやりこんだゲーム。

そのときはこの美少女となっていたのだ。

多少の、いやかなりの思い入れはある。

「初めまして、隣の部屋のマリア・ダントスです」

可愛らしい声でにっこりと微笑まれる。

うわあ、可愛い。

声もいい。

鈴を転がすような声とはこういう声を言うのではないだろうか。

さすがヒロイン。

というか、隣の部屋なの？

すごい確率じゃない？

ゲームで描かれなかった寮での生活も垣間見られるということ？

わあ、ご褒美ありがとうございます！

ついつい前世のオタクが出てしまう（顔には出していないはず）私に不思議そうな顔になるヒロイン、もといマリア様。

それにしてもなるほどマリア様。

必ず名前を付けないといけなかったこのゲームには、ヒロインのデフォルトの名がない。

けれどもマリア様。

うんうん。

美少女の名にふさわしい、ぴったりの名前だ。

「あの？」

「はっ！　すみません。とても可愛らしくて見惚れていました！　私はハートウェル伯爵家長女リリベルです」

私は姿勢を正しマリア様へと礼を取る。

「可愛らしい……」

そんな私に聞こえた小さな声。

そのすぐ後にマリア様がにんまりと笑う。

ちょっと黒い笑みに見えたけど、それすら愛らしい。

「可愛いだなんてそんな！　ハートウェル様こそ素敵です」

うふふふ、と声をあげて笑いながら言うマリア様が尊い。

「いえいえ！」

私は目の前で手をぶんぶんと振りながらも目の前の美少女から目を離さない。

「お隣さんがいい人そうで良かったです！　よろしくお願いしますね」

「あ、こちらこそ。よろしくお願い致します」

またしても礼を取るが、目の前のマリア様はなぜかその場で立ったまま。

不思議に思って目を上げるとにんまりと笑われる。

こういう時お互い礼を取るのが普通なんだけど……。

そうは思いつつ私もつられてへらりと笑う。

「ハートウェル伯爵令嬢様、スペンサー公爵令息様がお迎えに来られていますが」

お互い笑いあっていると、女子寮の管理人さんが私にそう告げてきた。

「え、わあっ、もうそんな時間ですか」

私はわたわたと時計を確認する。

もうすぐ約束の時間だった。

「すみません、すぐ向かうと伝えてもらえますか？」

そう言ってから私はマリア様に向き直る。

「スペンサーってアレン……？」

それは独り言のようでとても小さな声だったけど、私の耳に届いた。

んん？　呼び捨て……？

いや、そんなまさか！

小さな声だったから敬称が聞こえなかっただけよね！

心の中で額を手でたたき、そんな訳ないないと否定する。

「あの、ダントス様。すみませんがこれで失礼します」

「え？　あ、ああ……。あ、マリアでいいですよ。私もリリベル様と呼んでも？」

「え、はい」

本来は格下であるマリア様から名前呼びを提案されるのは失礼にあたる。

先ほどの礼もそうだが、ここはそういった貴族間の隔《へだ》たりがなくなる学園内。

なので特に私はそのことは気にせずカーテシーをしてその場を後にした。

慌てて出た寮の外にはピシッとした様子で佇むアレン様。

スタイルがいい。

姿勢がいい。

オーラが半端ない。

ずっと見ていられる。

ほう、とため息をつきつつも、私はこれ以上待たせてはいけないと駆け寄る。

「アレン様」

「リリ」

ぐっ！

眩しい笑顔いただきました。

アレン様は少し前から二人きりのときはたまに私を愛称で呼ぶ。

それがとても甘くて。
リ、という発音だけなのに特別な響きを持って私の耳に届く。
私、溶けてないよね……？

自分の身体を確認しながらアレン様の前に立つと、するりと指を絡ませて手を繋がれる。

アレン様の自然なその仕草に私の体温は急上昇中。

もう何度も手を繋いでいるのに慣れない。

慣れるときなんて来ないんじゃないだろうかと思うほど私の胸はぎゅんぎゅんと鳴っている。

うう、手汗大丈夫だよね。

「明日は入学式だな」

街を歩きながら、アレン様が素敵ボイスで話してくれる。

「はい……」

「明日、一緒に行けなくてごめん」

「いえ！　そんなこと」

フィリップ殿下の側近になってから、アレン様は常に殿下と行動を共にすることになっている。

明日の入学式はもちろん、学園生活においても常に付き添わないといけないのだ。

気にしないでください、と続ければ蜂蜜色の瞳をこちらに向けて少し寂しそうな表情をされた。

「もっとリリと一緒にいられると思ったのに……」

するりと頬を撫でられそこが熱を持つ。

ああああああ甘い‼

あまーーーい！

アレン様の瞳の色である蜂蜜より甘いかもしれない……。

「でも心配だな。リリ、迷子になるから」

真っ赤になった私に満足げに笑うアレン様。

「な、ならないです。もう子供ではありませんよ」
アレン様が言っているのは初めて会った王宮でのお茶会のことだ。
私が王宮で迷ったことを揶揄《からか》っているのだ。
そんな軽口を言ってくるアレン様も控えめにいって最高なんだけれども。
あの時から三年も経っている。
前世も入れると相当な——以下略。
とにかくもう迷子になる歳ではないっ！

なーんて思っていたのが昨日……。
いやあ、見事なフラグでしたね、アレ。
そうお察しの通り、あれ？　ここどこ？　状態の私。
入学式を無事に終えて教室へ向かっていたのだ。
そこまでは入学式で会ったアナスタシア様と一緒だったから良かった。
だが、途中でお手洗いに行ったのがまずかった。
気づけば人気がない。
そういえば王宮のときもお手洗いの帰りだったな、なんてどうでもいい記憶が蘇る。
今はそんなことより教室だ。
焦りを覚えながらとりあえず道を歩く。

どこかで誰かに会うだろう。

そんな希望を胸にひたすら進む。

と、そこで前方に人影発見！

良かった！

……………じゃないっ！

前方の人を見て私の顔が固まる。

ふわふわのベビーピンクの髪。

後ろ姿だけど見間違いようがない。

ヒロインだっ！

そしてなんで気づかないかな私！

ここ渡り廊下ーーーっ！

何度も見た出会いイベントのビジュアルとこの場所が完全に一致する。

「こ、これって……、でで出会いイベント……」

しかもさらに向こうからはアレン様とフィリップ殿下とギルバート様の姿。

私は辺りを見回しとりあえず柱の陰に入る。

思いがけず出会いイベントを前にしてドクドクと胸が嫌な音を立てる。

私の脳裏には出会いイベントのスチルが蘇る。

可愛らしく微笑むヒロインに、眩しそうに目を細めるアレン様（と殿下とギルバート様）。

ずるずると柱に凭《もた》れながら蹲《うずくま》る私。

どんなにゲームが好きでも、どれだけマリア様が可愛くても。

この場面を見る勇気はない。

これから先もルートによってはきつい場面がいっぱいあるのに。

この最初の場面ですら直視できないことを思い知る。

「大丈夫、大丈夫……」

このためにアレン様とたくさん楽しい思い出を作ってきたのだ。

私は自分を落ち着かせるようにアレン様の顔を思い出す。

「これはまだ始まりなのよ。しっかりしないと……」

そう深呼吸しながら、この数年心のメモリーとして記録してきた最推しの声を脳内で何度も再生……。

「リリベル？　体調が悪いのか？」

そう、これこれ。

これこそ最推しの……。

「！」

がばっと目を開け、上を見上げると心配げに揺れる蜂蜜色の瞳。

「ア！　アレン様!?　え……、どうして……」

「遠くにリリベルが見えたけど突然柱に隠れるし蹲ってるし、体調が悪いのかと」

アレン様は跪《ひざまず》き、私の頬を撫でる。

私は未だ固まったまま。

「アレン？　リリベル嬢はいたか？」

「体調不良か？」

気づけばアレン様の後ろにはフィリップ殿下にギルバート様までいる。

はっ！

出会いイベントは？

アレン様に抱えられるように立ち上がった私はキョロキョロと見回して後方に佇む人影を確認した。

そこには悔しそうにこちらを睨むマリア様……。

その足元には白いハンカチが落ちている。

え？　睨んで……？

「熱はないようだが、念のため医務室に行こう」

目の前にアレン様のドアップがきて、マリア様から視線が逸れてしまった。

額に手をあてながら顔を覗き込まれて私は口をパクパクとしながら、そのご尊顔を見つめる。

「あ……、アレン、さま……」

ではなくてっ、マリア様は……。

私は視線を動かし先ほどのマリア様がいた場所を見るも、すでにそこには誰もいなかった。

「リリベル？　何かあったのか？」

「あ、いえ！　あの、だ、大丈夫です。昨夜は緊張して眠れなくて少し眠気が出ただけですので」

そう言いながら私は消えてしまったマリア様のいた場所から視線を外せない。

私もしかして……。

いやもしかしなくとも。

出会いイベントぶち壊したんじゃ……。

さあっと青くなった私は、結局心配したアレン様に強制的に医務室に連れていかれた。

◇◇◇

こんにちは。

いかがお過ごしでしょうか。

そうです。

私が出会いイベントをぶち壊した張本人。

モブことリリベル・ハートウェルです。

ほんっとすみません。

オタクの風上にもおけません。

あの、出会いイベントぶち壊しからは結構経ちますが、イベントが起こらなかったためなのか、アレン様とフィリップ殿下とギルバート様のお三方とマリア様はクラスメイトの域を超えていません。

いや、結構マリア様は三人とコミュニケーションを積極的にはとっている。

とってはいるのだが……。

いかんせんマリア様に対するお三方の態度はほかのご令嬢たちと何ら変わりなく……。

その様子を申し訳ないという思いで見ながらも、どこか心の奥底ではほっとしている自分もいるわけで……。

自分の心の狭さ、醜さを痛感しているところです。

「リリ？　余裕だね」

そんな私の耳元に最推しの声。

私の腰が砕けそうになり、意識が現実に引き戻される。

現在の私は、推しと密着状態。

片手はアレン様の大きな手に乗り、アレン様のもう片方の手は私の腰に回されている。

とはいえ、これは決してイチャラブ的なものではなく。

そう、今は授業中。

それもダンスの授業の真っ最中なのだ。

「よ、余裕なんて……」

この言葉に嘘はない。

ただちょびっと現実から意識が飛び立っていただけで……。

何を隠そう私はダンスがへたっぴだ。

領地にいた時から何度練習してもなかなか上達しない。

それがダンス。

どうも私は運動能力というものが欠けているようなのだ。

その上リズム感までないときたら、そりゃもうどれほどダンスが苦手なのか想像できますよね……。

今は男女ペアになって音楽の始まりを待っているところなのだが。

アレン様のおみ足を踏まないように色々考えていたら、いつの間にか現実逃避していたのは私です。

だって、音楽が始まるのを今か今かと待ち構えていたら緊張でどうにかなりそうだったんだもの。

ふるふる震えているとアレン様がふっと笑って耳元に囁く。

「力が入りすぎてる」

「は、はひっ……」

いくらアレン様の声でそう言われても、抜けないのが緊張というもの。

そんなこんなで、ゆったりとした音楽が流れ始める。

は、初めは右？　いや左？

習った動きがスコーンと頭から抜け落ち、しどろもどろで体を動かす。

壊れたゼンマイ仕掛けのようにカクカクとしか動けない私。

「っふ……」

手を置いている肩が震えている。

私は思わずじとっとアレン様を見る。

「い、いいんですよ。もっと笑ってくださっても……」

「ごめ……、ふふっ」

謝りながらも笑顔を隠し切れないアレン様。

正直者なアレン様ももちろん推せます。

「リリ、足を踏んでもいいから。俺に身を任せて」

耳に息がかかるほど近づくアレン様にピシリと固まった私。

推しのおみ足を踏むだなんてそんなこと！　と思いはするものの、耳元に聞こえる声に固まった体から時間差で力が抜けていく。

それを確認したアレン様はさらに私に密着するとふわりと私の身体を持ち上げるように抱き寄せる。

そうしたら、あら不思議～。

今までにない軽やかさでステップが踏める！

ターンも軽い！

じゃなくてっ！

これ浮いている？　浮いてるよね！

そんな私の焦りをよそにアレン様の顔は楽しそうだ。

「リリ、その調子」

それはその声からもわかるほど。

楽しげに声を弾ませるアレン様。

「は、はひ……」

対する私は物理的にはもちろん、アレン様の声によって精神的にもふわふわしてしまって考えるより先に体が動く。

これも全て巧みにリードしてくださるアレン様のお陰。

まあ、リードというより運ばれているという方が正しいかもしれない。

「でもこれアレン様だからできることですよね……」

もう抵抗はすでに諦めている私はアレン様に運ばれるという奇妙なダンスをしながら、アレン様を見る。

「じゃあリリはずっと俺とだけ踊ればいいよ」

にっこり笑うアレン様。

そんな訳にいかないことは社交に疎い私でもわかるので、これはきっとアレン様の優しさだろう。

私が気負わないように、との心遣いだ。

ニコニコニコ。

え？　冗談、だよ、ね……。

有無を言わせない笑顔をマジマジと見る。

なんだろう、アレン様の後ろに黒いものが見えるような……。

アレン様の背後を見ながらクルクル回る私の目にぱっと映ったのは険しい表情のマリア様。

可愛らしい顔なのに眉間に皺が寄っている。

だが、マリア様のこの表情は今が初めてではない。

入学してからここまで何度も見てきた。

それは私に対してだけではなく、アナスタシア様に対しても。

アナスタシア様はともかく、私が攻略対象者であるアレン様の近くにいるからと思っていたんだけど……。


入学してからひと月。

さすがの私も違和感が拭えなくなってきている。

ヒロインってあんな感じだったっけ？

努力家で明るく快活。

そして健気で素直。
上辺だけの貴族とのやり取りに疲れている高位貴族たちに癒しを提供する。
そんなほんわかしたヒロインなのだ。
なのに。
あんな険しい表情。
それに端々に感じるのは、この世界を知っているかのような態度。
入学式すぐ後に私とすれ違う時にちらっと聞こえたのは「モブ」という言葉だった。
あれ、絶対私のことだよね。
いや、自覚はあります。
そうです、私はモブです。
しかもイベントをぶち壊したモブ。
でも、モブなんて言葉はこの世界にはない。
となると考えられるのは、ヒロインであるマリア様も転生者……。
それにもしヒロインも転生者だとしたらそんなモブに腹立てるよね……。
イベントぶち壊しなんてオタクとしてやってはいけないことだ。
このゲームをリスペクトしているなら尚更。
まあ、本来の過去の話すらぶち壊している私が言う事でもないけど。
本当にイベントを壊すつもりはなかったんです。

アレン様のことはこれ以上なく大好きになってしまったから、ちょっぴりほっとしてしまった自分もいるけど。

でも、アレン様の幸せがヒロインと共にあるなら私は潔く身を引きますから……。

だって、やっぱり推しの幸せは自分の最大の幸せでもあるから……。

私は繋がれた手に自然と力を込めてしまった。

するとアレン様はさらにぎゅぎゅっと私の手を握り返してくれた。

◇◇◇

マリア様転生者疑惑は、その後テストの結果発表の時にも深まった。

ヒロインは努力家なので、男爵家では大した教育を受けていないにもかかわらず勉強が楽しいとばかりに学校での勉学に励み、成績は常に上位なのだ。

幼いころから英才教育を受けてきたフィリップ殿下、天才と名高いギルバート様、そして騎士としてだけでなく頭もよいアレン様が上位に名を連ねる中、堂々とその中に割って入るのがヒロインなのだ。

けれども――。

私は一期の試験結果が張り出された紙の前に佇む。

一位がフィリップ殿下。

二位が同じ点数でギルバート様とアナスタシア様。

そして四位にこれまた同点でアレン様と……。

「リリベル。点数まで同じとは、気が合うな」

隣で同じように試験結果を見たアレン様が私に微笑まれる。

そう。

なぜか私が四位。

身体を動かすのは苦手だが、勉強は元々好きなのだ。

新たなことを学ぶのは楽しいし、算術といったものは前世で暇つぶしに読んでいた算数や数学と同じだから知識はある。

だから筆記のテストでは結構手ごたえを感じてはいた。

それがこう結果として出ると驚きと共に嬉しささえある。

だが今の問題はヒロインだ。

ヒロインであるマリア様はというと………。

名前が入っていない……だと？

三十位までの名前が載っている長い紙をもう一度上から順に確認する。

やっぱり、マリア・ダントスという名前が……ない。

その時に聞こえたマリア様のぶつぶつと呟く声。

「何これ！　ヒロイン補正とかないの？　マジサイテー……」

おっふ！

これはもう確定？

ヒロイン補正！

私もあると思ってたヒロイン補正。

なんならゲームの強制力とかもあると思ってましたぁ！

でも今のところマリア様と甘い雰囲気を持つ攻略対象者がいない。

まあ、マリア様の幼馴染であるオリバー様だけは学園外の話だからわからないけど。

それにしても、もう一人の攻略対象者である王弟のフレデリック様にいたってはそのお姿すら見ていない。

実は臨時教師として登場するはずだったフレデリック様だが、その経緯は元々の教師が流行り病で亡くなってしまうからなのだ。

だが今、流行り病は早くに収束しすっかりなりを潜めている。

なので本来亡くなるはずだった教師は元気に授業をしている。

そういったこともあり、フレデリック様をこの目にすることはないのだ。

これも、私の所為だったり……する、のかな……。

第五章　推しと学園生活

たとえイベントをぶち壊してしまっても、ヒロインであるマリア様が転生者（仮）であろうとも現実であるこの世界の日々は過ぎていくわけで――。

早いもので学園が始まって三か月が経った。

相変わらずアレン様はフィリップ殿下の側近として忙しそうだ。

学園では常にフィリップ殿下とギルバート様と行動を共にし、休みの日も返上で王宮で何か仕事をしたりしているらしい。

アレン様が忙しいということは、フィリップ殿下もギルバート様も忙しいわけで。

三人とマリア様の間にこれといった進展もなく日々が過ぎている。

けれどもマリア様はそんなアレン様たちに積極的に関わっていっている。

私やアナスタシア様という婚約者が目の前にいることなんて何のその。

全然関係ありませんとばかりに隙を見つけては話しかけにいかれているのだ。

そういった場面を見るのはもっとつらいかもと思っていたけど、アレン様の私に対する言動には全く変わりがない。

正直に言うと、それは私にとってはすごく嬉しかった。

マリア様が誰を好きになるのかわからないけど、やっぱり私はアレン様が好きだから。

私は私のできる限りで推しを幸せにしたいと思ってしまうのだ。


ただそんなマリア様の言動が、周りのご令嬢からかなりの反感を買っているようで……。

フィリップ殿下はこの国の王太子だ。

今のまま行けばゆくゆくは王になるお方。

高位貴族とはいえおいそれと話しかけることもできない遠い存在でもある。

私もアレン様の婚約者になっていなければ何の接点もない雲の上の存在なわけで。

そんなお方に何の気兼ねもなく突進していけるマリア様。

私の耳にもそんなマリア様に対する苦言が入ってきている。

マリア様は特例で学園に入学した男爵令嬢。

高位貴族の方たちの中には身分差を笠に着る人は一定数いる。

なので下位である男爵令嬢のくせに、とか。

婚約者であるアナスタシア様を差し置いて、とか。

色々な不満が出てきている。

それ以外にも、マリア様の天真爛漫な物言いといいますか……、一歩間違えれば不敬と言われそうな言葉とか……。

学園ではギリギリオッケーな気もするが、それをお気に召さない方たちもいるわけで……。

でも、絵になるのよね。

四人でのショット。

美麗なスチルではある……。

ただ、マリア様の苦言は殿下たちへの態度だけに留まらない。

マリア様ははっきり言ってモテるのだ。

ふわっふわのベビーピンクの髪に、ウルウルとした青空のような大きな目。

唇はプルつやだし、つんとした小さめの鼻に薔薇色の頬。

それらがバランスよく小さな顔に収まり、これぞまさしくヒロインと呼ぶにふさわしい可愛らしい姿をしているのだ。

そんなマリア様が上目遣いでお願いすれば誰かが手を差し伸べるし、首を傾《かし》げつつ笑いかければ相手の顔が赤く染まる。

それに距離感が近いのか、やけにボディタッチも多いのだ。

私はそれを見て、前世で読んだ「モテテク百ヶ条～これであなたも今すぐモテモテに～」という、人と関わることなんてなかったくせになんでそんなチョイスをしたんだという本を思い出した。

その本は置いておいて、とにかくマリア様はモテる。

それがまたご令嬢方の不興を買ってしまっている。

いや、モテるのは仕方がないと思う。

ただすこーし相手が問題な場合が……。

ここにきて私たちの学年の貴族の令息たちによる婚約解消騒動が増えてきている……らしい。

これは普段よく行動を共にするアナスタシア様からの情報だ。

そのどれもが、どうもマリア様が関係しているというのだ。

学園では身分差は関係なく健やかに学ぶという決まりがあるが、やはり婚約者のいる方に対して話したり笑いかけたりはまだいいが、ボディタッチはいけない……。

まあ、婚約者によっては話しかけたり笑いかけたりしただけでも色仕掛けをしている、という人もいるだろう。

マリア様が転生者であるのならば、前世ではこの程度の男女の触れ合いはきっと大したことではなかったんだろう。

いや、知らんけども。

外に出たことないから詳しくもないけど……。

でもやはり転生者であっても、この世界を生きているのだから今はちゃんとこの世界に合わせて人付き合いをしていかないといけないと思う。

そう思ったから、私は今ここにいるわけで——。

私の隣には完璧なマナーでティーカップに口を付けるアナスタシア様。

その前にはどこか楽しげな表情をしているマリア様。

いつも睨まれていたから新鮮な表情だ。

「ついに悪役令嬢の登場ね」

と、マリア様の小さな呟き。

紅茶を吹き出しそうになりながら思わず二度見してしまったが、マリア様は何食わぬ顔でアナスタシア様の方を見ていた。

対するアナスタシア様は聞こえていなかったのか、何の感情も読み取れない。

本日、午後の授業も終わったところでご令嬢たちからの不満を聞いたアナスタシア様がマリア様をお茶に誘ったのだ。

私もこの場に一緒にいるのは、公爵家ご令嬢であるアナスタシア様が男爵令嬢であるマリア様に何か苦言を呈することで、命令になったりしないようにとのことだ。

学生同士という対等な立場で、他のご令嬢たちの意見をマリア様に理解してもらうといういわば話し合いの場なのだ。

「ダントス様、学園生活は楽しんでおられますか？」

「はい！　あ、マリアでいいですよ」

「いえ、ダントス様で……」

ああっ！　マリア様！　マリア様からそのような提案はマナー違反ですっ。

ハラハラしながら様子を見守る私だけど、当のアナスタシア様はさすがというか、全く動じた様子もない。

「マッケンロー侯爵令息様、ベリー侯爵令息様、ロレーヌ伯爵令息様、ベンブルック伯爵令息様

「……。このお名前を知っておられますね？」

アナスタシア様の言葉にマリア様は目をぱちぱちさせた。

「マッケン……？　ベリー……、ロレ……」

ぶつぶつと呟きながら腕を組むマリア様。

マリア様ー！　いけませんよーっ！

そのような態度はアナスタシア様に対して失礼だし、それよりも淑女がすることではないです！

「マ、マリア様……」

こそっと小さめの声で呼ぶも、未だにマリア様はぶつぶつと言っている。

「もしかして、カールとかエドワードとかのことかしら？」

ああ、と思い出したかのように手を叩いてアナスタシア様を見るマリア様。

「家名はなかなか覚えられなくて」

てへっとばかりに舌を出す。

それも駄目なやつぅ……。

しかも呼び捨て……。

親族とかかなり親密でないと呼び捨てまでしない。

さすがのアナスタシア様もピクリと眉が動いたのを私は見逃さなかった。

「その方たちの婚約者であるご令嬢から抗議がきています。どの方も突然、婚約解消もしくは破棄を言い渡されたと」

「そうなんですねー」

マリア様！　完全なる他人事《ひとごと》だっ！

「ダントス様、学園内はたしかに身分差なく学べる場ではありますが、淑女としての最低限の礼節は弁《わきま》えるべきだと思います。婚約者がいる方に対しては節度を持って行動するべきかと」

「うーん。でも私特に何もしてないですよ。話したりはしたけど、婚約を解消してほしいとかそんなこと思ったこともないし。狙うならもっと大物……っと……んんっ！」

へへ、とばかりに笑っているが、完璧に狙うのはそれ以上の方だと言っている。

「殿下とも交流があるようですね」

「はい！　それはもう！　フィリップ様もアレン様もギルバート様とも仲良くしたくてっ」

「三人も既に婚約者がいます。それ以外にも、先ほども言ったように節度を持って交流を深めることをお勧めします。すでに私では抑えきれなくなってきておりますので」

アナスタシア様の不穏な言葉に私はつい彼女の方を見る。

私の視線に気づいたアナスタシア様は困ったように笑うだけだが、きっと今言った以上の苦情がきているのだと思った。

マリア様はモテる！　なんてことを言っている場合ではないのかもしれない。

婚約解消なら双方納得の上ともとれるが、破棄ともなると賠償問題も出てくる。

事態はもっと深刻かもしれない。

「ま、マリア様っ！　あの！　私も！　節度を持って接したほうがよろしいかと！」

このままではマリア様だって責任を問われる事態になる。

私はそう思って発言したんだけど。

「ひどいです……。二人してよってたかって………」

マリア様が俯いて声を震わせた。

え！　こんな急に？？

私、泣かした!?

「私はただ皆と仲良く……っ。うっうっ……」

「ま、マリア様……」

私はポケットのハンカチを取り出しながら、マリア様に渡そうと立ち上がった。

「リリベル？」

そこに聞こえるは推しの声。

ハンカチを手に持ったまま振り返ると、そこにはアレン様にフィリップ殿下、ギルバート様がいた。

「ア………」

レン様、と続くはずだった私の言葉はそれ以上の大きな声にかき消された。

「フィリップ様ああっ！」

ガタンと大きな音を立てて椅子をひっくり返しながら、目の前にいたマリア様が立ち上がった。

「フィリップ様〜〜、この方たちがいじめてくるんですーー」

マリア様が一目散にフィリップ殿下へ走り寄っていく。

ああ！　マリア様、それはいくら何でも駄目ですよーー！

相手はこの国の王太子殿下です。

そんな風に駆け寄っていくのは本来ならば取り押さえられるところですよ！

けれどもそこはさすが王太子殿下。

その前にギルバート様とアレン様が立ちはだかる。

私は止めようと中途半端に上げられた手をそろりと下ろす。

だよね。

私が出るまでもないよね。

そのために側近であるお二人がずっと傍にいるんだもん。

けれどもマリア様、そんなことを気にした風でもなく今度はギルバート様とアレン様に上目遣いで距離を縮める。

「ギルバート様ぁ、アレン様ぁ、怖かったですぅ〜」

ヒロインの甘えた声！

これはぐっとくる声だ！

そのままお二人に手を伸ばすも、なぜかアレン様には届かず左手をすかっすかっとしている。

対する右手はギルバート様の腕に触れていたため、マリア様は何事もなかったかのように左手もギルバート様に添えた。

一部始終を見ていたフィリップ殿下は呆れたような目をアレン様に向けてから視線をこちらへ向けてきた。

「フィリップ殿下、ご機嫌麗しく……」

私は慌てて礼を取る。

「よい。学園内だ。……して、これはどのような状態だ？」

フィリップ殿下が見るのは倒れた椅子に、零れた紅茶。

「少し学園内の風紀について語っていたところです」

さすがのアナスタシア様は淡々と答える。

「なるほど」

今ので何がわかったのかはわからないが、殿下は片眉を上げてそう答えたあと、ギルバート様によって距離を取らされたマリア様を見る。

「ダントス男爵令嬢、ちょうど話があるのだ。少しの時間いいだろうか」

「はいっ！　喜んでぇ！」

おお、マリア様の満面の笑みが眩しい。

先ほどまで泣いていたのが嘘のようだ。

え……泣いていた、よね……？

「シア、少しダントス嬢を借りるよ」

「ええ」

こそっとアナスタシア様に耳打ちしたフィリップ殿下。

アナスタシア様の真横でマリア様を見ていた私には聞こえてしまった。

殿下ってば、アナスタシア様のことをシア呼び！

やっぱりお二人、ゲームのときと違って仲良しだ！

なんだか自分のことのように嬉しくてニマニマ笑ってしまう。

そんな私の視線を受けてアナスタシア様の顔がうっすら赤くなる。

か、かわいいかよ！

美人の照れ顔、威力半端ない！


「……ベル？　……リリベル？」

「はうっ！」

突然の耳元素敵ヴォイス！

「アアアアアレン様」

熱くなった耳を手で押さえながらアレン様を見るとにっこりと微笑まれた。

「今度の休みにうちの邸に来る予定、大丈夫？」

「もももちろんですっ！」

そうなのだ。

次のお休みに私はスペンサー公爵家へお招きされている。

アレン様のお父上である公爵様やお兄様は仕事で不在なのだが、お母様であるオリヴィア様とアレン様とでランチを頂くのだ。

学園では常にフィリップ殿下の側近として忙しそうにしているのに、お休みができれば常に私のために使ってくれている。

ゆっくりと休まれては、と進言しても「リリベルといることが最大の癒しだ」と言われてしまい何も言えなくなった。

「じゃあ、また」

アレン様はするりとわたしの頬を撫でると先に歩き出しているフィリップ殿下の元へと走っていった。

ぼうっとしてしまった私を今度はアナスタシア様がニマニマと見ていた……。

◇◇◇

そしてお休みの日。

私は約束通り王都のスペンサー公爵家に招かれた。

「オリヴィア様、本日はお招きありがとうございます」

エントランスでよく知る顔を見て私はドレスの裾を摘まんで膝を折る。

アレン様のお母様であるオリヴィア様だ。

オリヴィア様はアレン様と似た髪色と瞳をしている。

顔のつくりも似ていらっしゃるので、それはもう目を見張る美人さんだ。

オリヴィア様と公爵様は恋愛結婚だと聞いている。

しかも騎士団長をしている強面の公爵様がかなりの愛妻家で。

それも納得の美しさなのだ。

身体が弱いと聞いていたオリヴィア様だが、今はその片鱗も見えないほどお元気だ。

それもこれもローズヒップティーのお陰だと、スペンサー家からはかなり感謝されもした。

初めはそんなローズヒップティーのお礼から始まったスペンサー家との交流だが、それからオリヴィア様とはお茶したりご飯をごちそうになったり。

何度もお招きを受けている間に、オリヴィア様からはお名前を呼ぶ許可を頂けた。

そう有難いことに、オリヴィア様だけでなくお父様であられる公爵様やアレン様のお兄様にもよくして頂いている。

公爵様はいつも忙しくされているのでそれほど顔を合わせてはいないけれど、強面ではあるもののその実とても優しくて誠実なお方だ。

騎士団長をしているだけあって体が大きく、初めましてのときはその圧に驚いたけど。

でもやはり親子なだけあって、どことなくアレン様とも似ていたりしたのでそんな圧もすぐに気にならなくなった。

そしてお兄様であられるレイモンド様は顔は公爵様に似ているが、とても表情豊かで優しくて楽しいお方だ。

それに何と言ってもそのお声。

さすが兄弟というだけあってどこかアレン様に似ているのだ。

一度アレン様にその話をしたらそれ以降レイモンド様とはなかなか会えなくなってしまった。

王宮でお仕事をされているそうだから、忙しくなったのかな……？


「リリベルちゃん、久しぶりね」

なんてことを考えていたら目の前のオリヴィア様がそう言いながらハグをしてくれる。

「ご無沙汰しております」

「本当に……。アレンがなかなか連れてきてくれないから」

私から離れたオリヴィア様が片手を顎に当てて困ったようにアレン様を見る。

「リリベルは俺の婚約者です。休みの日はゆっくり二人で過ごしたいので」

アレン様はそう言いながら、私の肩を抱いて体を密着させる。

はうっ！

もう本当にアレン様の言動は心臓に悪い。

体温上昇しまくりだ。

「全く、アレンもスペンサー家の男ね」

オリヴィア様の呆れたような声。

だがその表情はとても柔らかい。

以前スペンサー家のお茶に招かれたときにオリヴィア様に言われたことがある。

スペンサー家の男は総じて愛が重い、と。

気を付けてね、嫌なことがあったらすぐに私に言ってねと言われたが、アレン様のすることに私が嫌だと思う事なんてなく。

その時は私は大丈夫だという気持ちを込めて、推しへの愛を語ってしまった。

それはもう存分に。

かなり驚いたようにあんぐりと口を開けて私の話を聞いていたオリヴィア様。

美人だからそんな顔も麗しかった。

結局私は真っ赤になったアレン様に口を塞がれるまで推しへの想いを語ったという過去がある。

それからというもの、オリヴィア様からは楽しくて面白いリリベルとして大変可愛がってもらっている。

うん、なんかアレン様と同じ。

面白い判定されてしまうの、なんでだろう。

「さあ！　今日はうちの料理人に張り切ってもらっちゃった。行きましょう」

「はい」

オリヴィア様が先に歩き出し、私はアレン様に手を引かれながら食堂へ向かった。

公爵家はありがたいことにうちの野菜を仕入れてくれている。

腕のいい料理人の方がうちの自慢の野菜たちを美味しく調理してくれるのが嬉しい。

そんな素晴らしいお料理に舌鼓《したつづみ》を打ちながらの楽しいランチの後は、庭のガゼボでお茶を頂く。

スペンサー公爵家のお庭もかなり広い。

オリヴィア様の趣味がわかる落ち着いた雰囲気のお庭だ。

色とりどりの花が咲いていてガゼボからの景色が絵画のようなのだ。

そんな中で頂くお茶も香り高くて上品で。

「これ、リリベルちゃんの領地の果物をたくさん取り寄せて作らせたのよ」

「わあ。嬉しいです！　ありがとうございます」

目の前のカラフルなスイーツたちに、私の目も輝く。

今が旬の桃やメロンやブルーベリーなど。

今年は晴れが多くて陽をたっぷりと浴びた甘い果物がたくさんできた。

まあ、うちの果物はどこに出しても恥ずかしくない出来ですから！

と、どこか親ばかのような心境で果物自慢をしたくなってしまう。

お父様や領地の農作業をしてくれる人たちがどれほど頑張っていたかを知っているから。

それにしてもそんな自慢の果物をこれほど美味しそうなスイーツにしてくれるなんてっ！

すごくたくさんの種類のスイーツがあるのだ。

アレン様の家の料理人はすごい！

そういえば、王都にお店を出した人もいた。

あのお店もかなり繁盛していると評判になっている。

「どれも美味しそうです！」

さっきランチを食べたばかりなのにどれから食べようか迷うほど、どのスイーツも魅力的だ。

もう、顔の筋肉が緩む緩む。

「やだ、可愛いっ」

きっとへらへら笑ってしまっていたであろう私を、ぎゅむっと隣に座るオリヴィア様が抱きしめる。

わあ、いい匂い～……。

しかも柔らかいし……。

と変態じみた感想を思い浮かべたところで、べりっとアレン様によって引き離される。

「母上、リリベルとくっつきすぎです」

「あら、独占欲の強い男は嫌われるわよ」

「いえ！　アレン様を嫌うなんてあり得ませんっ‼」

「まあ！　熱烈ね」

私が拳を握りしめて熱弁すると、オリヴィア様は手を叩いて喜んでいた。

「そうそうそれでね、お茶の後に会ってほしい人がいるのよ」

「お客様ですか？」

オリヴィア様の言葉に、ミニサイズのロールケーキを口に入れた直後だった私は急いで咀嚼して飲み込んだ。

「ええ。いいかしら？」

どことなく楽しげなオリヴィア様を不思議に思いつつ、隣にいるアレン様を見るとそちらも楽しげに私を見ていた。

「はい」

もちろん私にそれ以外の返事があるわけもなく、頷きつつそう答えた。

◇◇◇

「こちら、王都でドレスのデザインをしているマダム・ポーリー」

お屋敷に戻り、応接室に入った私は一人の女性を紹介された。

グレーヘアを頭の上でお団子にしたその方は皺のある目元を緩めて軽くお辞儀をした。

「は、初めまして。ハートウェル伯爵家のリリベルと申します」

「ふふ、初めまして。ポーリーよ」

そう言って優しげなブルーの目を楽しそうに細めた。

マダム・ポーリー……。

ドレスに疎い私でもその名は知っている。

王妃様御用達のドレスショップの店長だ。

予約が取れないことでも有名なあの……。

さすが公爵家……。

「では、早速だけれど採寸からさせてもらいましょうか！」

マダム・ポーリーの言葉に私は横にいるアレン様とオリヴィア様を交互に見る。

わたしの視線を受けてにっこりと笑うアレン様。

素敵です……。

ではなくてっ！

「あ、あの……、アレン様、採寸とは……？」

私は訳がわからなくなって縋るようにアレン様を見た。

「一月の成人の儀のドレスを贈らせて欲しい」

成人の儀。

それはその年に成人を迎えた貴族の令息令嬢が集まる舞踏会。

私やアレン様も今年十六歳になる。

だから一月の成人の儀には参加する決まりだ。

けれども、ドレス……。

「え……！」

私は驚きの声をあげる。

成人の儀は白を基調としたドレスを着ることになっている。

もちろん婚約者から贈られることもあるだろうが、私はてっきり両親が用意してくれると思っていたのだ。

少し前にそんな話もしていたし。

けれども……。

「ハートウェル伯爵家にはもう伝えてあるんだ」

さすがアレン様。

根回しはすでにしてあるとのこと。

驚きで声が出ない私にいたずらが成功したような笑みを湛える。

アレン様のその笑顔、控えめに言って最高です！

ではなくてっ！

「ド、ドレスですか？」

ドレスなんて高価なもの。

しかも王都では知らぬものはいないとまで言われるマダム・ポーリー直々のドレスだ。

お、畏れ多い……。

汚したり、破いたりなんてしたら……。

けれどもアレン様は私のそんな心配なんてどこ吹く風だ。

「うん。俺に任せてもらっていい？」

少し身をかがめながら私の耳元でそう囁く。

もう絶対わざとだ……。

「は、はひ……」

そんな風にされると、こんな返事しかできないのわかってやってるんだ……。

「楽しみにしてて」

ぱちっとウインクをするアレン様。

もう素敵だから何でも許してしまうけども……。

そんなこんなであれよあれよと採寸される私。

その後はカタログを見ながら形を決めていくのだけど……。

「今の流行はやはりデコルテを見せるこのタイプね。リリベルちゃんは華奢だからマーメイドラインも似合いそう」

「ですが、これは肌を見せすぎでは？」

「あら、リリベルちゃんは綺麗な肌をしているのだから、これくらいの露出はあってもいいでしょう」

「いえ！　他の男の目に触れさせることになるので、ここはもう少し控えめに」

「まあ。ではこのバックが開いたデザインは？　リリベルちゃんは背中のラインも綺麗なのよね」

「なぜ母上がそんなこと知っているのですか」

「ふふふ」

ドレスに疎い私は置いてけぼりで、アレン様とオリヴィア様がああでもないこうでもないとドレスの形についての話が白熱している。

どんどん話が違う方向にいっている気がしないでもないけど……。

その横ではマダム・ポーリーが楽しそうに話を聞きながら紙にペンを走らせている。

すごい勢いでデザイン画ができるのを私は感心しながら見ていた。

それはもう魔法のようで。

「リリベル？　リリベルはどんなデザインがいい？」

「そうね。リリベルちゃんの意見も聞きたいわ」

アレン様とオリヴィア様が期待を込めた目で見ている。

でも、私にドレスのなんたるかなんてわからない。

着るものには動きやすさを求めるような女だ。

だが、デザインのことは全くと言っていいほどこだわりはないが、成人の儀で着けようと思っていたアクセサリーはあった。

「あ、あの、でしたら。去年の誕生日にアレン様から頂いたトパーズのネックレスを着けていきたいので、それに合うようなネックラインのものがいいです」

婚約してからというもの、アレン様からは誕生日の贈り物としていつも素敵なものを頂いている。

去年はアレン様が側近になってお給料をもらうようになったからと言って、私の誕生石であるトパーズのネックレスをプレゼントしてくれたのだ。

それはとても大きくて、色が濃く希少なトパーズだと私でもわかる代物《しろもの》だった。

こんな高価なもの、と畏れ多かったのだが、私はそれを一目見てすごく気に入ってしまった。

その深く濃いイエローが、アレン様の瞳を思い出させるから。

そう、それは蜂蜜色をしたアレン様の瞳にとてもよく似ていたのだ。

「アクセサリーも一緒に贈ろうと思っていたんだけど……」

「いえっ！　私、あれがとても気に入っているのです。アレン様の瞳と同じ色だから……」

「リリ……」

かなり恥ずかしいことを言ってしまったかもしれない。

そう思いはしたけど、アレン様は感極まったような顔で私の頬に触れる。

その目に甘さを含ませて。

ドキドキと鳴る心音がうるさいから、アレン様にも聞こえてしまうかもしれない。

それにしてもこのご尊顔はいつまでも見ていられる。

肌がきめ細かい。

瞳はどんな宝石よりも輝いている。

形のいい眉に、通った鼻筋…………。

「あらあら」

「まあ、ほほほ」

オリヴィア様とマダム・ポーリーの声に私は我に返る。

はっとしてそちらを見ると。

二人からの生ぬるい視線をたっぷりと受けた……。

◇ ◇ ◇

アナスタシア様が苦言を呈し、その後フィリップ殿下に連れていかれたマリア様だが、不思議とその後はすっかりとおとなしくなっていた。

特に殿下たちに突撃することもなく、授業が終わって気づいたらもうすでに教室からいなくなったりしていて、その動向はよくわからない。

よく領地にも帰ったりしているみたいだから、もしかしたらオリバー様と会うためだったりするのかもしれない。

あの時フィリップ殿下たちと何を話したかはわからないが、アレン様からはちょっと確認したいことがあっただけだよ、と聞いている。

アナスタシア様からも最近はご令嬢たちからの不満も減っているということを聞いていた私はすっかり安心しきっていた。

やっぱり初めての学園生活だし、できれば楽しく勉強したい。

そろそろテストの時期も近づいているし、学生と言ったらやっぱり勉学よね。

参考になりそうな本を求めて、私は図書館に向かって歩いている。

今世でも本は好きだ。

色んなことを教えてくれるし、楽しい物語もある。

学園の図書館はその蔵書量もさることながら、結構貴重なものまで置かれている。

ついでにちょっとその貴重な本も見てみようかな、なんてルンルン気分で廊下を曲がった時だった。

曲がってすぐのところにある図書館の入り口、の向こう側のもう一つの入り口から二つの人影が出てその先の廊下を曲がるのが見えた。

まあテストも近いし図書館を利用する人は結構いる。

何となくそう思ってはいたが、その人影に私は思わず目を見張った。

それは一瞬だった。

一瞬だったけど……。

「マリア様……」

ベビーピンクの髪は確かにマリア様のもの。

そして……。

「ギルバート様………？」

曲がる瞬間見えたのは流れる銀色の髪だったのだ。

あの時一瞬だけ見えた二人の影。

でも確証もないし、もしかしたら別人かもしれない。

だって、教室にいるときは特に接触もない二人なのだ。

うっすらと靄《もや》がかかったかのような不安を残しつつ、それでもこれといった確証もないから誰に言うでもなく時だけが過ぎていった。

テストも終わり短めの夏季休暇が終わって秋になるころには、私のそんな不安も杞憂だと思い始めていた。

◇　◇　◇

過ごしやすい風を受けて、私は今絶賛食欲の秋を満喫中。

学園のカフェテリアでアナスタシア様とお茶を飲んでいる。

さすが貴族のご令息ご令嬢が通う学園だけあって、ここは昼食やお菓子やお茶などどれもすごく美味しいのだ。

私の学園お気に入りスポットの一つ。

アレン様と一緒に授業を受けられる教室に図書館、そしてこのカフェテリアが私お気に入りのスポットベストスリーだ。

私は最近マイブームのロイヤルミルクティーを飲みながら、たっぷりのマロンクリームが載ったモンブランを口に運ぶ。

芳醇な味わいの栗そのものの味が濃厚でとても美味しい。

それにしても栗かあ……。

桃栗三年柿八年と言うから、結構簡単にできるかな……。

うちにはまだないから植えてもいいかもしれない。

マリーベルやセオドアと栗拾いなんてのも楽しそう……。

「……ベル様？　リリベル様？」

「はっ、はい！」

思わず自分の名前が呼ばれているのに気づき私は慌てて意識をこちらに戻す。

目の前には楽しそうに目を細めるアナスタシア様。

「リリベル様？　今度は栗のことでもお考えに？」

さすが聡明なアナスタシア様。

正解です……。

「申し訳ありません……」

「ふふ。リリベル様らしいですわ」

楽しげに笑うアナスタシア様に気恥ずかしさから視線を横にずらす。

「ギルバート様……？」

カフェテリアから見える中庭に見覚えのある銀色の髪を見つけた私は目を凝らす。
その瞬間あの時、図書館前で見た髪がフラッシュバックする。
だって、今一緒にいるのは……。
「どうして………」
そこにいたのはマリア様。
しかもマリア様の手はギルバート様の腕に絡められ……。
杞憂になりつつあったあの時の不安が頭をよぎる。
ここから見える二人の距離はどう言い訳をしても婚約者や恋人の距離だ。
ではやはりあの時見たのは二人の姿？
カフェテリアがざわついたところで私ははっとして前に座るアナスタシア様を見る。
「ギルバート……」
さすがのアナスタシア様も驚きを隠せない表情をしている。
ギルバート様とアナスタシア様は母親同士が姉妹のいとこだ。
そんな親戚でもあるギルバート様のことをアナスタシア様はよく知っている。
そのアナスタシア様が驚かれている。
確かギルバート様には学園に入る前に婚約を結んだご令嬢がいたはずだ。
私たちより二つ年下の侯爵令嬢。
家格を考えての婚約だと聞いている。

それでも家同士の婚約を結んだ以上、婚約者以外の方とあの距離間で過ごすのはかなりの醜聞になってしまう。

ましてやこの国の宰相の息子で公爵家嫡男であるギルバート様は何かと注目されている存在でもあるのだ。

「一体何を考えているのかしら……。オースティン侯爵家の耳に入れば……」

そうだ、ギルバート様の婚約者様はオースティン侯爵令嬢。

「アナスタシア様……」

思ったよりも震えた声が出た私にアナスタシア様が首を振る。

「ギルバートは聡明です。何か訳があるはずですわ」

「そ、そうですよね。ギルバート様に限って」

そうは言いながらも、私は言いようのない不安が胸を占めていくのを感じていた。


カフェテリアで見たことはそれからすぐに学園内を賑わせた。

さすがにこの学園で一番有名なフィリップ殿下の側近でもあるギルバート様の話となれば、それはもう瞬く間に学園中に広まった。

それからというもの、ギルバート様の行動はどのような訳があっても看過できないほどになっていった。

堂々と腕を絡めながら歩く姿も、常にお昼を一緒にとる様子も全てギルバート様は嫌がっているそぶりすらない。

ただ……。

おかしい。

私は今も食堂で二人並んで座っている様子を遠目に眺めていた。

それはギルバート様ルートで見た一枚のスチルに間違いない。

常に無表情であるギルバート様がその表情を緩め、ヒロインにしか見せない微かな笑みを浮かべる姿。

それは確かに前世で見たスチルだ。

だけど……。

それはどこか虚《うつ》ろで……。

目に生気がないというか。

私も決してギルバート様と話をしたことが多いわけではない。

ただアレン様を通じて何度かお話をしたことがある程度。

それだけの関係。

それでも、やっぱりその様子はおかしいと思える。

私の中に言いようのない不安だけが残る。

そんな時だった。

ギルバート様が学園を休学されたのは——。

「アナスタシア様……。あの、ギルバート様のこと」

「ええ。休学になりました。どうも様子がおかしいと思い、私もマクラーレン公爵家を訪ねたのだけれど会うことはできなかったの」

そう言うアナスタシア様の表情は硬い。

アナスタシア様も心底心配をされているのだ。

「やっぱりアナスタシア様もおかしいとお考えでした？」

「彼があんな後先を考えない行動をするのは考えられません。婚約も解消になりましたし……」

「え……」

驚きの声を上げる私にアナスタシア様が大丈夫というようにふっと表情を和らげる。

「心配なさらないで。お相手のご令嬢には他に想い合う相手がいらしたので円満に解消にいたったようですわ」

「そ、そうなんですね」

お相手の方が傷つくことなく解消なら良かった……。

ただギルバート様の醜聞は免れないだろうけど。

なんだかもやもやしたものを抱えながら顔を上げると、視界の端に悔しげに顔を歪めながら爪を噛むマリア様の姿が見えた。

前世では何度もその姿でゲームをしていた。

だからこそ愛着もある。

この世界で初めて見たマリア様はとても可愛くて、本当に会えて嬉しく思った。

なのに、今のその姿は私の知るヒロインとはあまりにもかけ離れている。

怖いとすら思うその表情。

それはまるで思い通りにならないことを憤っているような……。

きっとそうなんだろう。

これはゲームにはない展開。

入学してから自分が思ってもない展開になった時に見せてきた表情だ。

出会いイベントが起きなかった時も私がアレン様の婚約者だと知った時も、そしてアナスタシア様がマリア様をいじめなかった時も。

そのどれもがゲームとは違う。

だからマリア様はそうなんだろう。

ゲームの世界を知っている。

それはもうすでに私の中では確定事項になっていた。

マリア様は私と同じく転生者なのだ、と。

第六章　推しと舞踏会

季節は巡り一月。

ついに今日、十六歳を迎えた貴族たちの成人の儀の舞踏会が王宮で行われる。

そしてわたしはと言うと、オリヴィア様のご厚意で公爵家で舞踏会の準備をしてもらっている。

今は浴室にて体を磨かれ中だ。

もうこれでもか、というほど磨かれている最中。

温かいお湯につかっていると意識はまたゲームのことへ。

こちらの世界の成人の儀は、前世で言う成人式のようなもの。

ゲームでは出会いイベントの次にくる大きなイベントだ。

このイベントは好感度の中間発表のようなもので、それまでの学園生活などで一番高い好感度を持つ攻略者がエスコートを申し出てくれるのだ。

だけど……。

前世の時は深く考えてなかったけど、普通に考えてこれって問題だらけだよね。

この成人の儀は、婚約者お披露目という名目もあったりする。

成人するにあたって、私たちは婚約者がいますよーというアピールにもなっているのだ。

いわゆる婚活の場でもあるから、フリーの人たちは家族にエスコートしてもらって婚約者探しをしたりするのだ。

だから、婚約者がいるにもかかわらず他のご令嬢をエスコートするなどあり得ない。

特にフィリップ殿下は王太子殿下だ。

堂々と浮気宣言するようなもの。

そんなことをすれば王族としてこれ以上ない醜聞になってしまうし、筆頭公爵家であるアナスタシア様の生家も黙ってはいないだろう。

かくいう私もアレン様からエスコートを申し込まれているからここにいるのだ。

「マリア様は誰のエスコートで来られるんだろう……」

ぽつりと漏らすと、髪の毛にいい香りのする香油が塗り込められる。

マリア様はあの時までギルバート様ルートだったと推測する。

好感度を上げるために対象者たちのよく行く場所へ行って会話をするというやり方をしていたのではないだろうか。

だって図書館はゲームでのギルバート様の出没スポットだ。

ちなみに殿下は教室でアレン様は中庭なのだ。

でも休学前のギルバート様の様子は明らかにおかしかった。

思わず強制力という言葉が頭に浮かんでブルっと身震いする。

現在のギルバート様は、アレン様からは元気だと聞いているが、アナスタシア様はまだお会いできていないようなので心配ではある。

そしてその日からマリア様が学園を休みがちになっていることも心配だ。

あの日見たマリア様の表情。

マリア様が転生者でこのゲームに詳しかったら、どうすれば好感度が上がるかは熟知しているはず。

それはもちろん殿下やアレン様にも……。

私はブンブンと音が鳴るほど頭を振る、……ことはできなかった。

未だゴッドハンドのような手つきで頭全体をマッサージされていたから。

代わりにふんすと拳を握りしめる。

気合を入れるために。

そうだとしても、これはゲームじゃない。

ちゃんと私が、皆が生きている世界だ。

ゲームの強制力や知識があったとして、それがなんだ！

皆、登場人物なんかじゃない。

それぞれ自分の人生を自分の意志で歩んでいる人たちなのだ。

現にギルバート様の休学だってマリア様にとっては予想外のこと。

前はアレン様を好きになればなるほど、そのうち現れるヒロインに惹かれていくアレン様を近くで見るのが怖いと思っていた。

でも今は違う。

私がイベントを壊してしまったのかもしれない。

過去を変えてしまったかもしれない。

それでも、今アレン様の近くにいるのは私だ。

ヒロインに話しかけられてもアレン様の私に対する態度が変わることはなかった。

それはアレン様の意思。

だったら私がやるべきことは一つ。

推しを幸せにする。

推しには幸せになってもらいたい。

相手が誰であっても。

アレン様が私を選んでくださるなら、烏滸《おこ》がましいことだけど私が幸せにしたい。

そう思うようになった。

この世界で私にできることをするしかないのだ。

そして決意を胸にお風呂から上がった私は、新たな戦いに身を投じていた――。


「っぐ！　ううう――っ………！」

淑女らしからぬ唸り声を上げているのは私です……。

私は今公爵家熟練のメイドさんたちに締め上げられ………失礼、コルセットを締められています。

「リリベル様、もう少し締められそうですわ」

「ぐえっ！」

最後の一締めとばかりに油断したところをぎゅむっと締められ、つぶれた声が肺の空気とともに吐き出された。

「まあ、リリベルったら……」

領地からお母様も準備のお手伝いにきてくれていたのだが、呆れた視線が鏡越しに見える。

だって！　コルセットをこんなに締め付けるなんて初めての経験なんだもの！

その隣ではクスクスとオリヴィア様が笑っている……。

「それにしても素敵なドレスですわね」

どんどん着つけられる私を眺めながらお母様がほうとため息をつく。

「少し、いえかなりアレン色が強いけれど……」

呆れた顔で手を頬にやるオリヴィア様。

成人の儀は白を基調としたドレスが基本なので、贈られたドレスも白が基調となっている。

上部分は真っ白。ただスカート部分の裾にいくに従ってグラデーションで濃い藍色になっている。

さらには全体に金色の刺繍が施され上品な輝きを纏っている。

動くたびキラキラと輝いてとても綺麗だ。

これをアレン様の色と言われればそうかもしれないが、今や推しの色であるネイビーブルーや金色は私の好きな色にもなっている。

そしてその刺繍の色に合わせたかのようなイエロートパーズのアクセサリー。

ネックレスは十五歳の誕生日に頂いたもの。

私がドレスのデザインで要望したのはたったひとつ。

このネックレスに合うものを、と。

そんな私の要望に合わせてくれた、ブイの字にあいた胸元は繊細なレース。

意匠を凝らした上品なネックレスと重ならないちょうどよい開き具合。

ドレスに詳しくない私でもわかるほど、細部まで凝られたデザインはさすがに王妃様御用達のマダム・ポーリーのドレスだ。

語彙力がなくて申し訳ないくらい、そのドレスは素敵すぎた。

そしてこれまた上質なトパーズのイヤリング。

こちらは先日の十六歳の誕生日に贈られた。

その色の濃さから、ネックレス同様かなりの希少品と見受けられる。

ドレスと同じく宝石にも疎い私でも、この宝石がどれほど高価な物かわかる。

お、落とさないよう細心の注意を払う所存です！


「素敵よ、リリベル」

「ええ可愛いわ、リリベルちゃん」

「ありがとうございます、お母様、オリヴィア様。公爵家の皆様もありがとうございます」

緩やかに編み込まれた髪にも小さなトパーズが散りばめられ、普段めったにしない化粧も施されて漫画とかでよく見る「これが私？」状態だ。

これも偏《ひとえ》に素晴らしい腕をもつ公爵家の精鋭メイドさんたちのお陰だ。

すっと会釈をして出ていくメイドさんたちを目で追っていたら、ドアの前にアレン様がいた。

普段はさらっとした髪で隠れている額が出ている……。

「尊っ！」

眩しくて目を瞑ってしまいそうになるが、気合で上から下まで舐めるように眺める。

普段はさらさらと額を覆う髪が後ろに撫でつけられて流され、左側の耳にかけられているため国宝級のご尊顔をこれでもかと露出させている。

形のよい眉も甘く輝く瞳も丸見えだ。

アレン様といえばかっちりとした騎士服も眼福ものだが、成人の儀でしか見られない白を基調としたお召し物が素敵すぎる。

中に着ているシャツは私の髪と同じ薄い紫で、クラバットや胸元のハンカチは薄いグレーだ。

私の色を着けてくれているのが恥ずかしくも嬉しくて、私は思わずその姿に見惚れて動けなかった。

「綺麗だ、リリ……」

私の手を取り、甲に口づけを落としながら言うアレン様に、倒れなかった自分を褒めたい。

「ああああ、ありがとうございます。アアアアアアアレン様も素敵すぎ……です……」

「ありがとう。ハートウェル伯爵夫人もこちらまで来ていただきありがとうございます」

アレン様が私のお母様に向かって一礼する。

「いえいえ、こちらこそ準備までありがとうございます」

「アレン、しっかりエスコートするのよ」

「当然です、母上」

言いながらアレン様がすっと手を差し伸べてくる。

「じゃあ、行こうか」

「は、はひ……」

私は差し出されるアレン様の手を取り、公爵家を後にした。


何度来ても緊張してしまう王宮の広間にあるキラッキラのシャンデリアの下をアレン様と共に歩いていると見知った顔があり、私はほっと息をつく。

フィリップ殿下とアナスタシア様だ。

「アレン、お前独占欲が過ぎないか……?」

フィリップ殿下が呆れたような顔をしてアレン様を見ている。

はて、独占欲とは……?

「当のリリベル嬢は気づいていないようだが？」

にやりと殿下が笑うも、アレン様はどこ吹く風だ。

「殿下、リリベルはそれでいいのです。ただの虫よけですので」

「……あ、そう……」

そんなやり取りをしていると後方からベビーピンクの髪がちらりと見えた。

マリア様だっ。

マリア様は真っ白なドレスを着て長身の男性にエスコートされながら入ってきた。

夕焼けのような真っ赤な髪の男性。

それは攻略対象者の一人、ヒロインの幼馴染であるロペス子爵家のオリバー様。

ということは、マリア様はオリバー様の好感度も上げている……？

学園を休んで領地に頻繁に帰っていたということも考えられる。

そこまで考えて私は首を振る。

これは現実でゲームじゃない。

でも……。

ギルバート様のあの様子を考えると、今エスコートされているオリバー様の様子も気になってしまうのだ。

もんもんと考えていると会場にいる楽団の音楽が流れてきた。

「リリベル、お相手願えますか？」

隣のアレン様が恭しく礼をしながら手を差し伸べてきた。

一瞬で私の思考が現実に引き戻される。

「は、はい、喜んで」

音楽はダンスの始まりの合図。

ファーストダンスは婚約者と踊るのが普通だ。

横を見るとフィリップ殿下とアナスタシア様が手を取り合っている。

「リリ、力を抜いて。俺に任せてくれればいいから」

「はひ……」

ぱちっとウインクするアレン様。

そのご褒美のような表情に私は考えを放棄してアレン様に身を委ねた。


二曲続けて踊ったところで私の身体が悲鳴を上げた。

流れる仕草でダンスの輪を抜けて、そのままアレン様がバルコニーのソファに座らせてくれる。

疲れた体にひんやりとした風が気持ちいい。

四季があるとはいえ、そこまでの温度差がないためどの季節も比較的過ごしやすいのだ。

「リリベル、果実水でよかったか？」

「はい。ありがとうございます」

果実水の入ったグラスを受け取ると、アレン様は私の隣に腰を下ろした。

後ろからは楽団の音楽が鳴り響き、外から香るのは花の甘い香り。

「いい香りですね」

「リリベルの方がいい匂いだが？」

軽く首を傾げながらアレン様が私の肩口に頭を乗せると、吐息が私の首筋にかかった。

その吐息と共に甘い声が耳から入って……。

私は体中が沸騰したように熱くなって、思わず立ち上がりバルコニーの手すりに身を乗り出す。

月明かりが明るく上を向くと大きな月が顔を覗かせている。

「あっ、アレン様、月が綺麗です……」

言ってはっとする。

これは前世では有名な愛の言葉……。

「本当だ」

いつのまにか私の背にぴったりとくっつくようにアレン様がいる。

両手は私を囲うようにしているため、私は身動きが取れない。

声が耳元から聞こえてばっくんばっくん心臓が音を立てている。

「リリ……」

「は、はひ……」

後ろから覗き込むようにするから体は密着している。

このどんどこ鳴る心臓の音も聞かれているんじゃないかと思うほど。

そっと右側を見ると至近距離にご尊顔。

こちらを見るアレン様の瞳から目が離せない。

そこには驚いた表情の私がいる。

「リリの目は近くで見ると黄みがかっていて月と同じ色だな。綺麗だ……」

そ、それは月明りでそう見えるだけでは、という言葉は飲み込んでおく。

私の目の色は黄みがかった薄いグレーだ。

けれどもそんな綺麗なものと同じだと言ってくれることが嬉しくて。

「あ、ありがとうございます」

少し動けば触れそうなほどのこの距離に、恥ずかしさを感じつつも素敵すぎるご尊顔からは目が逸らせない。

そんな私にアレン様はゆっくりと目を細めて笑った。

アレン様のほうがよほど美しい、と私は思う。

月明かりに照らされながらも藍色の髪は深く静かな夜の空のようだし、濃い金色の瞳はとろりと甘い蜂蜜のようだし。

そっとアレン様の細くて長い指が私の額にかかる髪を払う。

目に映るお顔がどんどん近づいてきたと思ったら額に当たる柔らかいもの。

それがアレン様の唇だと気づいたときには顎を掬《すく》われ、またしても近づく顔に思考が奪われる。

そして唇に触れたアレン様の唇。

それはとても柔らくて温かくて……。

じゃなくてっ！

こ、こここれって……、キキキキキキキ、ス……っ‼

「可愛いな……」

掠れた声でそう言ってもう一度重ねられる唇に私の脳はキャパオーバー。

恋愛小説だって、少女漫画だって読んでたから知識はあるのに、実際に経験するとでは全然違う。

この今の心情を小説のように文字に起こすことなんてきっとできない。

それくらいの衝撃だし、心臓が押しつぶされそうなくらい苦しいのにどこまでも幸せで。

とにかくすごかった……。

◇◇◇

皆さまごきげんよう。

推しとのファーストキスからしばらく経ちますが、未だ夢から覚めないモブことリリベルです。

気を抜くと、夢のようなアレン様とのひと時を思い出してしまう。

シミ一つないきめ細かな肌。

甘く溶けるような金色の瞳。

すっと通った鼻筋。

形のよい薄めの唇。

それがとても柔らかいことを私は知ってしまった。

柔らかくて温かい……。

現実逃避しかけたところで我に返る。

ここにきて少し状況が変わったので気を引き締めないといけないのだ。


まず学園を休学されていたギルバート様だが、ここで隣国に留学へ行かれたという発表があった。

そしてそんな留学へ行かれたギルバート様に代わって、フィリップ殿下の後ろに立つのは赤い髪の騎士服を着た男性。

なんとオリバー様だ。

アレン様から聞いたのだが、あの成人の儀の舞踏会からフィリップ殿下がオリバー様を気に入り側近に抜擢されたらしい。

騎士団にも所属になったというが、そんな話はゲームにもなかった。

舞踏会のとき、マリア様はオリバー様にエスコートされていたけど二人はすぐに別行動していた。

ファーストダンスも踊ってはいないから特に二人が恋仲ということもないのだろうか……。

マリア様の真意は私にはわからない。

誰か心に決めた方がいるのかどうか。

オリバー様の側近の件にしろ、マリア様の動向にしろ、不思議に思ったりもしたが、ここはもうゲームとは別世界だと割り切った私は気にすることをやめた。

これからの人生、推しの幸せに全振りするのだ。


そう決意して日々を過ごし、気づけばもう一学年もあと少しとなった。

相変わらずマリア様は学園を休んだりもしているが、他は特に変わりもなく日々が過ぎていった。

いや、変わりないというと少し語弊があるかもしれない……。

そう、変化したと感じるのは、私の最推しであるアレン様だ。

なんだか前よりもスキンシップがバージョンアップしたような気がする……。

前々からスキンシップは多い方だが、なんとあの日以降そこにキスが加わったのだ。

ファーストキスの興奮も覚めないのに、私ってばもうすでに何度もアレン様のあの形の良い唇と…………。

駄目だ。

思い出すと鼻血が出そう……。

当たり前だが、前世でも恋愛のれの字もないのだ。

あるのは本の中の知識だけ。

私はもうアレン様のスキンシップを受けるだけでアップアップだ。

そんな私の様子すら楽しげに嬉しげにするアレン様……。

はぁ……、尊すぎてしんどい。


成人を迎えた私は学校が休みの日はアレン様のご実家に泊まるようになった。

成人を迎えれば一人前と認められ結婚も可能であることから、婚約者であれば異性の家に泊まりにいくことが許されている。

これは殿下の側近として毎日忙しくされているアレン様たってのお願いなのだ。

学校でも私との時間が取れないから、せめて休みの日は一日一緒にいたいと言ってくださったのだ。

私としても推しからそんなお願いをされたら断る理由もない。

アレン様のご両親も歓迎してくれているので私もそれに甘えて毎週のようにお泊りにきている。

お泊りといってもそんな、あれですよ。

あ、ああいう大人なことは何もない。

寝るのは私は客室でアレン様は自室ですからね。

貴族たるもの結婚までは清い関係です。

まあ、とはいえ明るいうちは私もアレン様の自室に招かれることはある。

こ、婚約者ですから。

多少のイチャイチャは……。


そう何を隠そう今も私はアレン様の膝の上。

広いアレン様の自室のこれまた大きいソファに横向きで膝の上に座っている。

アレン様ががっちりと私の腰をホールドして逃がしてくれないのだ。

目の前の机には美味しそうなお菓子が並べられているけど、私はそれよりも至近距離のご尊顔に釘付け。

「リリ、これ好きだろう？」

ひょいっとアレン様が目の前にあるお菓子からいちごの載ったプチタルトをその手に取った。

そして当たり前のように私の口元へ。

もうアレン様標準装備のそれを私も甘んじて受ける。

口を開けばゆっくりとタルトが口に入れられ甘いいちごの風味が口いっぱいに広がる。

「美味しいです……」

恥ずかしさで顔が熱いのに、アレン様はずっと上機嫌だ。

楽しそうなのは嬉しいことだけど、いつもいつも私ばっかり翻弄されている気がしてならない。

なので今日こそはアレン様にもドキドキしてもらいたいと私は意を決してクッキーを手に取る。

「ア、アレン様もどうぞ」

だけどそんな私の思惑通りにはいかず、いたって普通の顔で私の手からクッキーを口に入れるアレン様。

というよりかなり嬉しそうである。

「リリに食べさせてもらえると余計に美味しいな」

駄目だ……。

私の恋愛偏差値ではこの甘さマックスのアレン様に太刀打ちできる気がしない。

「ずるいです……。私ばっかりドキドキして」

アレン様は私の言葉に驚いたような表情をしたあと、すぐその相好を崩した。

「そんなことない」

言うなりアレン様は私の頭を胸に抱き寄せた。

体温、心拍数ともに急上昇。


ドキドキドキ……。


速く力強い鼓動が聞こえる。

ん？　聞こえる……？

それは私の耳から直接聞こえる音で。

私の心臓もかなりやばいことになっている自覚はあるが、これもまた結構な速さで。

って、これアレン様の……。

ぱっと顔を上げると困ったようなアレン様の顔。

「俺も、リリといるときはずっとドキドキしている」

そう言って照れたように笑いながら額にキスをされた。

そっか、アレン様も同じなんだ。

嬉しくてついにやけてしまう顔を隠すようにアレン様の胸に顔を押し付ける。

幸せだと思った。

こんな日がずっと続いてほしいと。

きっと慣れることなくこの先もアレン様の甘さに悶え続けていくんだろうな、なんてことを考えながら胸の音を聞き続けていた。


どれくらいそうしていたか。

「リリ……」

突然アレン様に切なげに呼ばれて、ぎゅっと強く腕が腰に回される。

おかしいと思ったのはその腕がいつもより強張っていたから。

顔を上げるとさっきとは打って変わってアレン様の表情が硬い。

「アレン様……？」

私がそう呼ぶとアレン様はこちらを見てふわりと笑った。

「ん？」

そう聞けば、アレン様は私の頭に頬を摺り寄せながら「いや……」と呟いた。

「何か……心配事でも？」

「長期休暇だが、少し公務の方が忙しくなりそうなんだ。だからリリに会う時間が取れそうになくて……」

公務のことは少し前からアレン様から言われていたこと。

あと数日もすれば一学年を修了し、長期休暇に入る。

その間アレン様は公務が入っていると。

私は長期休暇は領地で過ごすことになっている。

それでもどこか時間があれば会えると思っていた。

「そう、ですか……」

思ったよりも沈んだ声が出てしまう。

だが、仕事なら仕方がない。

寂しいけど、アレン様のお仕事の邪魔はできない。

「お仕事頑張ってください」

精一杯気を張って笑う。

「リリ、好きだ……」

少し掠れた声がセクシー……。

身体から力が抜けそうになるも、腹筋に力を入れて耐える。

「わ、私もすす好きです……」

私がどもりながらも精一杯伝えると、嬉しそうな顔をしてくださる。

「この気持ちに偽りはないから。ずっと信じていて……」

笑った顔が少し不安げに揺れて、そのまま額を合わせてくるアレン様。

「……アレン様？」

やっぱりいつもと雰囲気が違う……？

普段にはないその表情に私が心配げに声をかけると、困ったような顔をして何でもないというように首を振った。

そして両手で私の頬を挟むと、優しく唇を合わせてきた。

そうなると私はそれ以上何も言えず……。

優しいキスを受けるのにいっぱいいっぱいになっていく。

幸せなのに、この時はなぜか落ち着かない気持ちに胸を締め付けられるという奇妙な感覚に囚われた。

第七章　推しとヒロイン

ローズ学園は三月の初めにその年の学習が修了し、その後ひと月ほどの休暇があり四月に新学年を迎える。

その長い休暇を私は実家のある領地で過ごしていた。

そして休暇が始まって二週間。

「推しの……不足が過ぎるっ！」

私はベッドの枕に顔を埋めて叫ぶ。

今まで毎日のようにあのお姿を目にして、あのお声を耳に焼き付けてきたのにっ。

二週間も経つと完全に推し不足に陥ってしまった。

毎日せっせと書いていた手紙も最初の一週間ほどは返事がきていたのだが、忙しくなってしまったのかその返事も途絶えてしまった……。

私はベッド脇の引き出しから手紙を出す。

そっと胸に抱いて、スンっと香りを嗅ぐ。

それはアレン様がよく使っているウッドベースの香料の香りがしていたのだが、それすらもう薄れてきている。

私はそれでも少しでもアレン様を感じたくて鼻に押し付けるように手紙を嗅ぐ。

端から見たら変態かもしれない……。

コンコンコン。

「はっ！　……はいっ」

突然のノック音に驚きつつ、私は手紙を引き出しにしまいながら返事をする。

ドアからひょっこり顔をのぞかせたのは七歳になったセオドアだ。

後ろにはマリーベルもいる。

二人が夜に訪問するのは帰ってきてからの恒例行事になっている。

「姉様、今日も一緒に寝よう」

「私も！」

既にベッドに乗っているセオドアがニコニコと笑いながら私の隣に陣取る。

マリーベルは逆の隣にもぐりこみ、これまたにっこりと笑う。

はあ……、可愛い。

癒しだわ。

ベッドは子ども三人が寝ても十分な広さがある。

私は仕方ないなあと口では言いつつ二人の可愛さに顔がにやつくのを抑えられない。

二人がいるお陰で寂しさが紛れていることも事実。

学園に入ってからはなかなか領地に帰れていないから、この長期休暇では二人とたくさん過ごすことにしているのだ。

明日は二人と何をしようかなんてことを考えながら、私は二人の可愛い子に挟まれて幸せに眠りについた。

その時の私は王都に広がりつつある噂なんて全く知らずに、ただただアレン様に会える日を楽しみにしていたのだ。

◇ ◇ ◇

「アナスタシア様、おはようございます。今年もまたよろしくお願いいたします」

待ちに待った二学年が始まり、朝一番に見かけたアナスタシア様に声をかける。

嬉しくて思ったよりも弾んだ声が出てしまったためか、目の前のアナスタシア様の肩が驚いたように揺れた。

「あ、お、おはようございます、リリベル様。あの、こちらこそよろしくお願いしますわ」

私を見て驚いた表情をしつつも、顔を引き締め綺麗な礼を交わす。

先ほど発表されたクラス分けではアナスタシア様も殿下もアレン様も一緒だった。

また楽しい学園生活が始まるんだと胸を躍らせる。

「あの、リリベル様は休暇中ずっと領地へ?」

「はい」

領地ではやりたいことをかなり詰め込んできた。

マリーベルやセオドアと遊んだり。

領地の研究施設を見学したり。

お父様と新たな品種改良の話をしたりと、かなり充実した日だった。

ただ一点をのぞけば……。

そう、完全なる推し不足。

お仕事で仕方ないとはいえ、ひと月は長かった……。

でもやっとだ。

学園が始まればアレン様に会えると思ってここまでやってきた。

私はアナスタシア様と歩きながらもキョロキョロとついその姿を探してしまう。

「あの、スペンサー様のことは、何か……」

アナスタシア様が珍しく遠慮したような小さな声を出した。

「アレン様は公務で休暇中は会えなかったのですが、今日久しぶりに会えると思うと嬉しくて。あ、もちろんアナスタシア様と会えるのも楽しみにしてきました」

「あ、ありがとう……。ではなくて、その。何か公爵家から連絡などはありませんでしたか?」

「スペンサー公爵家からですか？　いえ、特にはなかったです」

アナスタシア様の質問に私はどこか胸騒ぎのようなものを感じた。

普段からはっきりとした物言いをするアナスタシア様にしては珍しく、奥歯に物が挟まったような様子が気にかかる。

「あの、何か……」

あったのか、とそう聞こうとしたところで周りが少しざわついた。

それと同時に私の推しセンサーが反応する。

微かだけど最推しの声が耳を掠めた。

「アレンさ……ま……」

振り向いた私は最推しの姿をこの目に収めるも、その光景に言葉が続かなかった。


それは一枚のスチル。

可憐な美少女がはにかむ隣には甘い目を向けて微笑む一人の青年。

前世でも大好きなスチルの一枚だ。

何度も眺めては頬を染めていたあの頃。

けれど——。

私は今、鈍器で頭を殴られたかのような衝撃を受けながら目の前の光景を眺めている。

そこにいるのは確かにこのひと月会いたくて会いたくてたまらなかった私の最推しであるアレン様。

アレン様の甘さを含んだ視線も、その優しげな笑顔も全部私の大好きなアレン様のもの。

だけどその笑顔は私にではなく、隣でエスコートされている方に注がれている。

ぴったりと寄り添いながら学園の門をくぐるのは私の婚約者であるアレン様と、ふわふわとしたベビーピンクの髪を揺らしながら笑うマリア様だった……。

どういうことか全く頭が追い付かない。

「あ……、アレン様……」

喉がカラカラになって掠れた声しか出ない。

私に気づいたアレン様がこちらを一瞥《いちべつ》する。

私はその視線にびくりと体が強張る。

これは……、アレン様のこの視線は拒絶。

もしかしたら公務の一環かもしれないという微かな希望すら打ち砕かれるほどの鋭い視線。

その視線に私は膝が震えるのを感じた。

「あ、あの……、これはどういう……」

「ハートウェル伯爵令嬢か……」

甘さの一切ない厳しい眼差しで、一切の感情を見せない表情でその形の良い唇だけがただ動いている。

凛とした声も普段なら悶えてしまうところなのに、私の心臓はバクバクと嫌な音を立てるのみ。

「貴女との婚約は破棄する。追ってスペンサー家より正式に申し入れをするので、そのつもりで」

淡々とそれだけ言うと、その表情を一変してマリア様へと向き直りそのまま私の前を通り過ぎていった。

私はその言葉の意味を理解するのにかなりの時間を要した。

婚約を……破棄………………。


「リリベル様っ！」

訳がわからず、ブルブルと震える私の手をぎゅっと握ってくれたのはアナスタシア様だ。

「あ、アナスタシア様……。えっと、私……」

「リリベル様、とりあえずこちらへ」

私は手を引かれるままただただ歩いていた。

何も考えられず周りのことを見る余裕すらない。

わかるのはアナスタシア様に握られている手が温かいことだけ。

「さ、リリベル様お座りになって」

促されるままどこかの部屋に入り、一人掛けのソファに座るとすぐさま部屋にいたメイドさんがお茶の準備にとりかかった。

「あの、ここは……？」

未だ働かない頭でぼんやりと自分のいる場所を見渡す。

教室よりも狭くはあるが、上品な調度品が置かれたこの部屋には六人ほどが座れるソファと大きめのテーブルが置いてある。

「学園の王家専用の部屋です。私も自由に使うことを許されているので、ここなら誰の声も目も気にすることはありません」

そんな部屋があること自体知らなかったが、今はただアナスタシア様のその心遣いがすごく有難かった。

今は何も考えられずただただお茶の準備をしてくれるメイドさんの動きを目に映しているだけ。

やがて香り高い紅茶が目の前に置かれ、メイドさんが一礼をしてそのまま部屋から出て行った。

何とはなしに眺めていた紅茶にさきほどの光景が映りだしてくる。

アレン様がマリア様とあれほど仲睦まじく……。

ゲームの世界が私の中に不安として浮かび上がるのを必死にかき消していた。

ここは現実。

でも、じゃあああれも現実……。

前世でうっとりと眺めていたスチルも、現実で起きればこれほどまでに私の心を痛めつける。

あの甘い目が他に向けられることがこんなにもつらいなんて。

私を見る目に何の感情もなかったことがとてつもなく苦しくて。

もしかしなくともこれが、失恋……。

私、失恋したんだ。

推しで、誰よりも大好きな人の傍にはもういられない。

婚約者でなくなったらそんな権利もなくなるのだ。

なぜこんなことに、という疑問よりも私はその事実に目の前が真っ暗になった。

「う……っ……。っふ、ううっ………」

とめどなく流れる涙は何をどうしても止めることができずに、ぽたぽたと私の手の上に落ちる。

「……リリベル様」

アナスタシア様が私の横にかがんで抱きしめながら、背中をさすってくれる。

その優しさにさらに私の涙腺は崩壊する。

つらくて痛くて。

前世と今世を合わせてもこれほど泣いた記憶などないほど、私は声をあげて泣いた。

「お、お見苦しいところをお見せして申し訳ありません……」

ぐずぐずと鳴る鼻をハンカチで押さえ、どうにか涙が止まったところでアナスタシア様に頭を下げる。

「リリベル様、私たちは友達でしょう」

アナスタシア様が私を覗き込んで力強く言ってくれる。

そんなアナスタシア様の綺麗な目も涙で濡れていた。

「あ、ありがとうございます」

アナスタシア様の言葉が嬉しすぎて私はまた涙があふれてしまった。

「お茶が冷めてしまいましたわね。淹れ直してもらいましょう」

「あ、いえ。このままで……」

私は慌ててハンカチで涙を拭きながら目の前のティーカップを手に持つ。

茶葉のいい香りが鼻に抜ける。

猫舌にはこれくらいがちょうどいい。

高級なお茶が体に染みわたる。

私のそんな様子を眺めながらアナスタシア様もお茶を手に取った。

「実は少し前からスペンサー様とダントス様の仲が王都では噂になっていたのです」

「噂……ですか」

それは領地にいた私にとっては初耳なこと。

アナスタシア様とはお手紙でやり取りをしていたけど、きっと私に気を遣って言えなかったんだろう。

今も私を気にかけてくれていることは痛いほどよくわかる。

「たびたびお二人で王都を歩く姿を見られていて。スペンサー様がリリベル様以外と一緒にいるのは珍しいから、かなり早くに広まって。それにその、お二人の様子が……仲睦まじく見えたとかで……」

確かに、あの時の二人を見ればそれは一目瞭然だ。

「ですが、私はおかしいと思うのです」

「おかしい、ですか……?」

アナスタシア様の言葉に私は顔を上げる。

「はい。これはギルバートの時も思ったのですが、どう考えても彼のあの行動は彼らしくない」

「それ、は……、確かに……」

私は少し前のマリア様と一緒にいる時のギルバート様のことを思い出す。

虚ろな目でどこか心ここにあらずといった、そんなギルバート様のことを。

「リリベル様は魅了の力を知っていますか？」

アナスタシア様が神妙な面持ちで私に問いかける。

「魅了……。はい、本で読んだことがあります。特に異性に魅力的に映るという」

私は本で読んだ知識をそのまま答える。

確率的には多くはないが、今でもその力を持って生まれる者が一定数いると言われている。

「そうです」

「でもあれはそれほど強く人に作用しないからあまり危険視はされていませんよね？」

「確かにそうです。相手に想い人がいればその力に惑わされることもないし、何よりその力を持って生まれても故意に使うことができない。けれどもしそれが自在に操れるなら、話は変わってきます」

「そんなことができるのですか？」

私は驚きの声をあげる。

自在に操れるのなら、自ら精神に働きかけられることになるからそれは危険な力となる。

「ギルバートのようにダントス様に懸想する学園のご令息たちは明らかに様子がおかしかった。前に殿下自らダントス様とお話をされたいと連れていかれたことがあったでしょう？　あの時ダントス様は王宮に連れていかれたらしいの。密談のように何かを話されていたと王宮付きのメイドが言っていたわ。これは私の推測なのですが、ダントス様は魅了を意図して使ってその力を最大限発揮できるのではないかしら」

マリア様が魅了の力を最大限に使えたら……。

けれども元々それほど強くはないと言われている力だ。

そこまで人の心に作用するのだろうか。

でももし、そうだとしたらかなり危険な力ということにもなる……。

それはゲームの強制力やヒロイン補正と言っても過言ではない。

もしヒロイン補正が魅了であるならば……。

そう考えるとゲームでは辻褄が合う。

ゲームでのヒロインは、ファーストコンタクトから攻略対象者たちの心を掴んでいる。

初対面から全員の好感度はそれなりに高いのだ。

それが魅了の力の所為だと言われれば確かにそうだ。

ゲームでは婚約者のいるフィリップ殿下もギルバート様もどちらも家同士の婚約のため、そこに気持ちはないと考えるとその推察はかなり濃厚。

でも……。

「ただギルバートはともかく、スペンサー様がその魅了にかかるとは思いにくいのだけれど……」

アナスタシア様は暗に私という想い人がいるからと言ってくださっている。

そうなのだ。

心に想う人がいればその魅了にかかることはない。

それに何よりもギルバート様とアレン様ではその様子が違っている。

今日見たアレン様ははっきりとした意思を持つ目で私を見ていた。

私はあの視線を知っている。

それは私以外のご令嬢を見るときの目。

いつだったかアレン様に言われたことがある。

私に少しでも誤解されたくないから私以外のご令嬢には決して目を向けないと。

その場しのぎにしろ気持ちのないご令嬢相手に笑うのはやめたと。

その時はそんなことまでされなくてもと思ったものだが、アレン様が私とほかのご令嬢とはかなり線を引いて接していたことはさすがに鈍感な私でもわかるほど。

そう、そのほかのご令嬢に向けていた拒絶の視線を私に向けたのだ。

何の気持ちもないとはっきりと意思を乗せた、そんな視線を。

「あとは魅了よりもより強い何か……」

アナスタシア様が深く考え込むように手を顎に当てながらそう言った時だった。

「なかなかにいい考察だな」

突然の声に振り向くと、ドアからフィリップ殿下が現れた。

「リリベル嬢、今回のこと、申し訳ない……」

落ち着いたとはいえ、よほど私の顔がひどいことになっていたのだろう。

私の顔を見た殿下の顔色が変わる。

痛々しいものを見るかのように私を気遣いながら頭を下げるもんだから、それには私が飛び上がった。

王太子殿下が一貴族である私に頭を下げるなんてことあってはならない。

「ででで殿下っ！　いけません。私は大丈夫です」

多少どもってしまったが、何とか殿下の謝罪を押しとどめる。

「公務のことは詳しくは話せないが、少なくともリリベル嬢には事情を説明する必要があると思っている」

「それは先ほどアナスタシア様が言っていたマリア様の魅了のことですか?」

「ああ。確かにダントス男爵令嬢に魅了の力があると断定できた。ギルバートや婚約破棄などで問題になっていた貴族の令息もその力の影響だ。ただ魅了にしては強すぎると感じて、前にダントス男爵令嬢には聞き取りを行ったのだ。意図して魅了を使えるのか、と」

そこまではアナスタシア様の推察通りだった。

「聞き取りを行ったところ彼女は『もててくを使った』とかよくわからない言葉を言うだけで、その様子から自分の力すら把握できていないとこちらは判断した」

ん？　モテテク？

モテテクってモテるためのテクニック？

私は前に考えたモテテク百ヶ条を思い出した。

あれ、マリア様も前世で読んだとか？

だとしたらすごいなモテテク百ヶ条。

魅了の力と合わせると何か相乗効果でもあるのだろうか……。

「では、彼女は意図して魅了の力を使っているわけではないのですね……」

アナスタシア様の言葉に殿下が頷く。

「少なくとも我々はそう判断した。だが、とある筋からダントス男爵令嬢が妙な薬の開発をしているという情報を仕入れたのだ。魅了と同じ、いやもっと強い作用のある薬」

ハッとしたようにアナスタシア様が殿下を見る。

「それは禁止薬物では！　まさかそんな……。一介の男爵令嬢である彼女が違法である薬を作り出せるものなのですか？　作り方はもちろん、材料さえ秘匿されていますよね」

私も驚きながら殿下を見る。

禁止薬物の作り方を知るのは歴史でも習う、今からはるか昔に存在した魔女。

ただこの世界に魔法というものはない。

魔女というのはその知識で様々な薬を作り出した存在を指す。

薬の種類は多岐にわたり、中には精神に作用するものまで。

自白剤など今でも使われているものもあるが、危険だと判断されたものは全てこの国の法において禁止されている。

その最たるものが愛の妙薬などという、いわゆる惚れ薬や媚薬といったものだ。

ただ禁止薬物として指定されたものはアナスタシア様の言うように原材料や作成方法など全て王家において秘匿案件となっている。

だから作ることすら困難であり、もしそれが作れたとしても作った者にはかなり重い罰が科せられることになっている。

「まだ疑惑の段階だ……」

殿下が疲れたような表情で首を振る。

疑惑ではまだ何も動けないのだろう。

だけど……。

「殿下は、アレン様がその薬物の影響を受けたとお考えなのですか？」

確かでもないのに私たちにその話をすること自体がフィリップ殿下にとってはかなり確信を持っている証。

ただの疑惑の段階では殿下がこのような話をするはずがないのだ。

「その可能性は高い、というよりほぼ確定事項だと考えてこちらも動いている」

やはりフィリップ殿下はその推察にかなり確信を持っている様子だ。

「私はアレンとは付き合いが長い。王太子である私が疑惑だけで動くことは許されないが、それでもアレンのあの様子は異常だと言い切れる。だからリリベル嬢……、その薬物だと確定し解毒できるまでは待っていて欲しい……」

殿下に気遣われるように見られて、私は居たたまれない気持ちで曖昧に笑った。

待っていて欲しいと言われても、私はすぐにでも婚約を破棄される身だ。

もう待っていられる立場ですらなくなるのだ。

「ダントス様を取り調べることはできないのですか？」

私の肩にそっと手を置いたアナスタシア様が殿下へと向き直る。

「物的証拠が何もない。王宮の薬物専門機関の者にアレンの身体を調べさせたが何の情報も出てこなかった。だが今現在ダントス男爵令嬢の近くにいるのはアレンだけ。彼女が尻尾を出すまでは……」

「それはダントス様の証拠が出るまではスペンサー様はあのままということですか？」

「ギルバートのときとは違って物理的距離を取らせれば正気に戻るということもなかった。意識もはっきりしているし、ダントス男爵令嬢に懸想している以外はいつものアレンと何ら変わりがないんだ」

「そんな……。でもそれでは……」

アナスタシア様が私に心配げな視線を向けているのに気づいた私は笑いながら大丈夫だと伝え

るように首を振る。

「アナスタシア様、ありがとうございます。私は大丈夫です」

これ以上優しい友人に心配をかけたくなった。

たくさん泣いたし、全くの平気と言うわけでもない。

それでも私にはこんなにも親身になってくれる人たちがいるのだという事実が私を勇気づけてくれるのだ。

「殿下も色々とお気遣いありがとうございます」

殿下にとって友人であり側近であるアレン様が気がかりなのは見ていてわかる。

それに私に対してもこうして事情を説明してくれるほどに信頼してくれているのだ。

私はそんな二人に精一杯の感謝を込めて頭を下げた。

「リリベル様……」

「二時間目には間に合いそうですわね。私少し顔を洗ってから行きますのでお先に失礼します」

まだ表情が強張る私はぎこちなく笑いながら部屋を出た。


王家専用部屋という場所を出た私はその足でお手洗いに入る。

ひどい顔だ……。

鏡に映る自分を見て深いため息をつく。

楽しみしていた学園生活。

授業料を払ってくれている両親のためにも授業にはちゃんと出たい。

教室にはアレン様もマリア様もいる。

アレン様の態度が薬の所為だとしても、あの様子の二人を見ることが辛くないわけではない。

フィリップ殿下はかなり確信を持っておられるようだったが、薬だと断定することはまだできない。

それにもし断定できたとしても、その薬の効果を抜くことができない限りアレン様はあのままなのだ。

ずっと頭から離れない朝の二人の姿に私の胸がズキリと痛む。

鼻の奥がツンとして涙が溢れそうになって、私は慌てて顔を洗う。

こんな顔じゃあ授業に出られない。

何より優しいアナスタシア様にだって心配をかけてしまう。

それにきっともう学園の噂になっているだろう。

ギルバート様のときもこの手の話題はすぐに広まった。

だから私が泣くわけにはいかないのだ。

私が泣けばその非難は全てアレン様にいってしまうから。

婚約者である私が堂々としていれば噂だって表立ってできないはずだ。

私にできるのはせいぜいそんなことくらい。

ただそれは私が婚約者である以上、だけど……。

アレン様は婚約破棄をするとはっきり言っていた。

スペンサー公爵家から正式に申し出をされれば、私とアレン様の繋がりは一切なくなってしまう。

そうなれば私にできることはもうなくなってしまう。

そのことが私にはとても怖かった。


二学年が始まって数日経った。

あれほど恐れていた婚約解消だが、未だ公爵家からは何も音沙汰はなく、なぜか私はアレン様の婚約者のまま。

そしてアレン様の様子もあれから特に変わらず、学園にいる間ずっとマリア様と一緒にいるようだ。

ようだ、と言うのはアナスタシア様が休み時間のたびに私を誘ってくれるから、私自身その場を目にすることがなかったから。

それでも耳に入ってくる情報までシャットアウトすることはできないわけで……。

やはり婚約者がいる身でありながら別のご令嬢と親密になっているというアレン様の醜聞が広がりつつあった。

それでも私が常に堂々と授業を受けていることと、常にアナスタシア様が睨みを利かせてくれているお陰でそれほど騒ぎにはなっていない。

どんな状態であれ、推しを悪く言われるのは私の本意ではない。

だから私はいつでも前を向いて何てことないという顔をするのだ。

でも……。

やっぱりこれは辛いものがある。

そう。

こうやって目の前でその光景が繰り広げられれば。


間の悪いことに私は今一人で図書館に来ていた。

そして窓からちょうど二人を目にしてしまっている。

この図書館から見える中庭。

そこのベンチに二人並んで座るアレン様とマリア様。

駄目だ。

泣きそうなほどつらい場面なのに目が逸らせない。

周りには他の学生もいる中、二人だけの世界のように談笑している。

涙なんて涸《か》れるほど泣いたはずなのに、それでも溢れてきそうになって呆れてしまう。

泣いている姿なんて見られるわけにはいかないと視線を無理にでも外そうとしたとき、ふっとアレン様がこちらを向いた。

その時なぜかアレン様が辛そうに顔を歪めたような気がした。

いや、私の願望かもしれない。
私を見る視線に何の感情も読み取れないことが辛いと考えていたから。
でも。
瞬間マリア様が私に気づき、きつく睨みつけてきた。
なぜマリア様が私にそんな目を向けるのかわからない。
だって今アレン様の目に映るのはマリア様なのに。
マリア様がアレン様の背に触れながら何かを言っている。
もう見ていられなくて私は一礼をして窓から離れた。
だから気づかなかった。
その時のアレン様がどんな表情で私を見ていたかなんて。

逃げるように自室に戻ってベッドにダイブする。
一人になった瞬間張っていた気が緩み涙が溢れだす。
フィリップ殿下が言っていた薬物の所為だと思いたい。
だとしても辛いものは辛いが……。
だいたいあれが薬物の所為だなんて何の確証もない話なのだ。
本当に私に愛想をつかしたのかもしれない。
なんて思考がどんどん悪い方向へいってしまう。

泣くと駄目ね。

ベッドから起き上がった私は何とはなしに机を見る。

そこにあるのは綺麗にラッピングしたクッキー。

久しぶりに会える嬉しさで二学年が始まる前日に焼いたものだが、当然のように渡せていないまま。

私はラッピングを開けてクッキーを取り出す。

領地で薔薇の金型を作ってもらったので、それを使って焼いた薔薇のクッキーだ。

ジャムを代用してアイシングも作ってみたからカラフルな薔薇のクッキーができたのだ。

「もう渡せないわね……」

湿気てしまったクッキーを口に入れる。

このまま捨ててしまうのは材料を無駄にすること。

そんなことはしたくなかった。

これは領地でマリーベルとセオドアも一緒に作ったものだから。

一枚また一枚と口に入れる。

ピンク色のはラズベリーで、紫はブルーベリー、そしてオレンジがマーマレードで黄色はレモン。

次々に口に入れたから味も混ざってしまった。

そういえば領地ではマリーベルとセオドアが欲張って一つのクッキーに色んな色を付けて楽し

んでいたなと思い出す。

味が混ざった、なんて言いつつもそれでも楽しそうに頬張る二人の顔を思い出し私も自然と笑顔になる。

私がクッキーを作ろうと思ったのはアレン様が気に入ってくれていたから。

アレン様はお菓子の中ではクッキーが一番好きなのだ。

あの日、休暇前にアレン様の家で彼に食べさせたのもクッキー。

それを思い出しながら作ったのだ。

そこでふっと休暇前のアレン様を思い出す。

あの時は幸せで、ずっとこんな日が続くといいなと思っていた。

「あれ…………？」

私は何か大事なことを見過ごしている気がしてじっと手に持つ食べかけのクッキーを見つめる。

あのあと、アレン様は何と言っていた……？

どこか辛そうに伝えられた「信じていて」と言う言葉が思い出される。

そうだ。

あの時のアレン様はどこか不安げだった。

それにこれまでだって。

私は何度も何度もアレン様から好きだと言われた。

出会ったときからずっと大事にしてもらってきた。

愛情だってたくさんもらった。

そうだよ……。

私の知っているアレン様はそんな不義理をするような人じゃない。

私はそんな単純なことさえ見失っていた。

落ち着けばわかることなのに。

ギルバート様のことがあって、私はどこかできっとこんな未来がくるかもしれないと思っていたのだ。

現実だと言い張りながらも、私は結局ゲームに囚われていたのだ。

今までのアレン様の言動を私が一番に信じなければいけなかったのに。

それに……。

「カラフルな薔薇……」

マリーベルとセオドアが作ったクッキー。

それはいろんな色が混ざって、二人は楽しそうに虹色だなんて言って……。

待って……。

虹色……。

アレン様に使われたとされる惚れ薬のようなもの。

惚れ薬……、自分を好きにさせる。

好意を自分に向ける。

好意…………、好感度……？

マリア様はゲームの知識のある転生者。

私の中でかちっとピースが嵌った。

そう、思い浮かんだのはゲームの中のアイテム。

目当ての攻略対象者たちの好感度を上げるための裏技的なそのアイテムは、この世界の常識に照らし合わせてみれば確かに禁止薬物に当てはまる。

なんせ好感度ゼロでも三十パーセントは上昇する代物だ。

手に入りにくいレアアイテムだが効果は抜群なのだ。

私は地道に好感度アップをしながらクリアするのが好きだったからわざわざ苦労してそのアイテムを作ろうとは思わなかった。

だから今まで忘れていた。

そのアイテム。

——虹の雫《しずく》のことを。

◇　◇　◇

虹の雫。

それはゲーム内にあった好感度アップアイテム。

ベビーローズが咲き誇る場所をくまなく探すと低い確率で見つけることができる虹色の薔薇。

それはピンク色のベビーローズの中でごくわずかな確率で咲くという七色の花弁をもつ薔薇。

その薔薇から作られるのが虹の雫だ。

ゲーム内ではただの好感度を上げる公式レアアイテム。

だが、この世界に当てはめて考えると、やはりそれはただの禁止薬物だ。

これはまさしくそんな違法薬物に指定される。


そのことを思い出した私は逸る気持ちを抑えながら朝一番にアナスタシア様と一緒に王家専用の部屋に来ていた。

お茶の準備をしているところにフィリップ殿下が部屋に入ってきた。

「フィリップ殿下、お忙しいところ恐れ入ります」

「いや、いい。それでリリベル嬢が急ぎというからには……アレンのことか？」

さすが殿下。

話が早いです。

「フィリップ殿下。王宮には禁止薬物に詳しい方がいらっしゃるのですよね？」

私は前置きもなくそう切り出す。

思い出した虹の雫についてだが、原料は知っているものの作ったことがないから製造過程がわからないのだ。

なんせその虹色の薔薇を三本集めると虹の雫が出来るという知識しか持ち合わせていない。

だから、私にできるのはせいぜい虹色の薔薇を探すことだけ。

あとは薬物に詳しい人がいれば調べて貰えるかもしれないという期待を込めて、私はフィリップ殿下にそう尋ねる。

「薬学に特化した専門の研究施設が王宮にある。そこには禁止薬物に詳しい者もいる。だが前にも言った通り、その研究者たちでもアレンに使われたと考えられる薬物は特定できていない」

特定までいたっていなくても、知識もあり詳しく研究している人がいるのならその薬物の原料とされるものがあれば、研究して解毒剤とか中和剤みたいなのができるかもしれない。

精神に作用するものがなぜ禁止されているか。

それは人の心を弄《もてあそ》ぶという道徳的観点からと、使い続ければその人の精神を壊してしまうという大きな副作用があるものが多いからだ。

マリア様がアレン様に対してどれほどの虹の雫を使ったかはわからない。

そしてそれが及ぼす影響もわからないのだ。

だからこそこれは一刻を争う事態。

「フィリップ殿下。もし私がその精神に関わる薬の原料となるものに心当たりがあったら、それを調べてもらうことはできますか？」

私の言葉に何か感じるものがあったのかもしれない。

フィリップ殿下が私を観察するようにじっと見つめてきた。

「詳しくは話せないし、それだという確証もありません。それが見つかる可能性も限りなく低いです。ですが……」

アレン様は私の知識が王族に注目されたり利用されたりすることを心配していた。

けれども今はそんなことを言っている場合ではない。

私だって王宮の研究施設を利用させてもらうのだ。

もし虹の雫のことが研究されて、アレン様が元に戻るのであれば私は喜んでその知識を王宮へ差し出す。

「いつでも王宮に来てくれ。話は通しておく」

私の決心がフィリップ殿下に届いたのか、殿下が力強く頷いてくれた。

「ありがとうございます」

「リリベル様」

隣を見るとアナスタシア様が心配げな表情で私を見ていた。

二学年が始まって、ずっとアナスタシア様には心配をかけてきた。

いつでも私を気遣ってくれた。

とても優しくて、私の自慢の友人だ。

「アナスタシア様、色々とお気遣いありがとうございます。とても心強かったです。私、アナスタシア様と友達で良かった！　またゆっくりとお茶しましょう」

私は心からの言葉をアナスタシア様へとかけ、二人に向かってカーテシーをして部屋を出た。

向かうは我が領地だ。

◇◇◇

領地に着いてすぐ私は両親への挨拶もそこそこに庭へと出た。

奥に入りベビーローズを植えている場所まで。

あれからベビーローズはさらに増え、今では結構な広さとなっている。

私は腕まくりをしてその中へ入っていく。

探すのはただ一つ、虹色の薔薇。

とにかく一本でも探し出して、王宮のちゃんとした機関で調べてもらえれば何かわかるかもしれないのだ。

私にできるのはそんなことくらいだ。

一縷の望みをかけて私はベビーローズの中へ分け入っていく。


「ダメ、だ……。見つからない…………」

どれくらい探したか。

気づけば辺りは薄暗い。

密集した場所もかなり探したから、制服は泥だらけで腕には棘でやられた擦り傷もできている。

ここのベビーローズ園は広いとはいっても、一介の伯爵家の庭の一角に過ぎない。
ゲームに出てくるマリア様の領地のベビーローズは、領地いっぱいに生えているのだ。
その広さは比較するまでもない。
その広さでもなかなか見つからないとされている虹色の薔薇なのだ。
ここで見つかる可能性は限りなく低い。
それでも、私は探すしかなかった。
それしかもう私にできることがないのだから。
焦る私をよそに、あたりはどんどんと暗くなり今日はもう探すのは無理だろう。
すでに薔薇の色すらわからない暗さだ。
私は明日もう一度探そうと、ベビーローズ園から出た。
その瞬間二つの塊が私に向かって飛び込んできた。
「姉様、元気ない？」
「姉様、私のおやつあげる」
二つの塊は弟のセオドアと妹のマリーベルだ。
二人とも汚れることも厭わず私に抱き着いたまま心配そうな顔で私を見上げている。
「う、ありがとう。セオドア、マリーベル」
なんっていい子たち。
私が一心不乱に探している間もずっと心配そうに見ていたのは気づいていた。

思えば虹色の薔薇を思い出したのは二人のお陰でもあるのだ。

たっぷりと遊んであげたかったのだが、どうしても虹色の薔薇を探したくてそのままにしていたのに、こんな風に心配してくれるなんて優しすぎる子たちだわ。

私はいい子に育った弟妹を見て涙ぐむ。

「姉様、これあげる」

「ん？」

涙を拭いてセオドアを見ると、セオドアは手に握った物を差し出してきた。

私はそれを見て、顎が外れるんじゃないかと言うほど口が開いた。

「え………、どうして、これ……」

大事そうにセオドアが握っているのは。

一本の薔薇。

それも花びらがグラデーションのように七色になっている。

それはまさしく虹色の薔薇だった。

「マリー姉様と、かくれんぼしていて見つけたの」

「これすごいでしょ、姉様。もっと見つけたくて探したけれどこの一本しか見つからなかったの。でもとっても綺麗でしょ」

セオドアとマリーベルが興奮気味に語る。

「僕の宝物。でも姉様にあげる」

そう言ってにっこり笑うセオドアを私は思いっきり抱きしめた。

「セオドア……。ありがとう。私ね、これを探していたの……。嬉しい。セオドアの宝物だけど、もらってもいいの？」

「うん。姉様元気でる？」

「ええ！　セオドア、今日はゆっくりできないけど、次に帰った時はたくさん遊びましょう！　もちろんマリーベルも！」

私はもう片方でマリーベルも抱きしめた。

「わあ！」

「うん！」

「二人とも大好きっ！」

私はお日様の匂いのする二人を抱きしめながら、これでアレン様の心を救うことができますように、と願った。

第八章　推しは唯一

　あの日、セオドアからもらった大きなプレゼントである虹色の薔薇を王宮の薬物研究所へと預けて一週間。

　マリア様と仲睦まじく過ごすアレン様を見るのは辛くないと言えば嘘になるけど、それでもアレン様が危険薬物に晒《さら》されているかもしれないという危機感の方が私には大きかった。

　未だフィリップ殿下からも連絡はなく、私はもどかしい思いで一日一日を過ごしていた。

　そんな時だった。

「リリベル様！　アレンが大変なんです」

　そう言って私の部屋を訪ねてきたマリア様。

「どういうことですか？」

　まさか危険薬物の副作用？

　思わずマリア様の肩を手で掴むと、その手を思いっきり振り払ったマリア様が声を荒らげる。

「とにかく来てくださいっ」

　焦ったように私を連れ出し、寮に着けられていた馬車にそのまま飛び乗る。

「マリア様、アレン様はどういった様子……」

　言葉はそこで途切れてしまった。

マリア様を振り返った瞬間、私は口を布で塞がれたのだ。

もがこうとする前に私は意識が遠のくのを感じた。

意識が途切れるとき聞こえた、マリア様の「邪魔なのよ、モブの癖に」という呟きだけが耳に残っていた。


「う……、いたた……」

どれくらい時が経ったのか。

意識が戻った私がいたのは薄暗く埃っぽい床の上。

私はそんな場所で、なぜか不自然な形で転がっていた。

固い場所に転がっていたために体中が悲鳴を上げる。

体の痛みとともにぐらぐらと揺れるような鈍い頭痛の中、徐々に意識がはっきりとしてきた。

「……そうだ……、アレン、様は……」

アレン様が大変なことになったと言っていたマリア様の言葉を思い出す。

起き上がろうとして両手両足が不自由なのに気づく。

「なんで……、こんなことに……」

両手は後ろ手に縛られ、両足も縄のようなものでギチギチに縛られている。

すこし動くだけで縄が擦れて痛いくらいだ。

けれどもこの痛みのお陰で頭はクリアになってくる。

マリア様に布をあてられて意識を失ったのだ。

何らかの薬を使われたのかもしれない。

でも体は動くし、頭痛はするもののそれもマシにはなってきている。

そこまで危険な薬を使われたわけではないかもしれない……。

私は何とか体を起こして辺りを見回す。

物置だろうか。

そこまで広くない部屋に木箱などが積まれている。

それにしてもわからないのは、なぜマリア様がこんな凶行に及んだのか。

この状態は私に対する拉致監禁。

バレればマリア様は犯罪者だ。

そこまでして私を拉致する意味がわからない。

考えられるのは未だ婚約者である私が邪魔になった……？

そう、私は未だアレン様の婚約者のまま。

でも私がアレン様の婚約者だからと言ってそこまでするだろうか。

だって、今現在アレン様の心はマリア様にある。

それが虹の雫という薬の所為だと思ってはいても、苦しくて見ていられないほど二人はずっと一緒にいたのだから。

そのときの光景を思い出してぎゅっと目を瞑ったところで、ギイっと軋《きし》んだ音が耳に入る。

見ると正面にあるドアが開き、一人の少女が中に入ってきた。

「あら、やっと目覚めた？　結構効くわね、この薬」

そう言いながら私に近づいてきたのはマリア様だった。

「マ、リア様……、どうして、こんなこと………」

掠れた声しか出なかった。

マリア様の顔はヒロインとは程遠く悪意に満ちていたから。

「あんた、モブの癖に邪魔なのよ。だいたいアレンに婚約者なんていなかったはずなのにっ！」

マリア様が私の目の前まで歩いて見下ろす。

「それは……」

「わかってるわ、あんたはバグ。そうただのシステムエラー。だから上手くいってたはずのギルバートだって私の目の前から消えて……。そもそもフレデリックが最初から登場しないのだってそうよ。なぜだか途中からオリバーまで勝手な行動を……」

ぶつぶつと呟くマリア様はどことなく異常な雰囲気を醸し出していて恐ろしくすら感じた。

「マリア様、ここは現実世界です。システムとかバグとかないんです。ちゃんと現実を見て下さい」

「皆私を見て好きになるのよ。それがヒロインである私なの」

どこか恍惚《こうこう》とした表情でそう語るマリア様は私の言葉なんて耳に入っていないようだった。

「フィリップ殿下からお聞きになっていませんか？　マリア様には魅了の力が……」

「そう、それこそがヒロイン補正。その力でギルバートの好感度だって上げられた」

「マリア様、珍しい力ではありますが魅了の力はこの世界で昔からあるものです。相手に想う方がおられない場合にその方が魅力的に映るという力です」

　私の言葉にマリア様がピクリと反応し、ゆっくりとしゃがんで私と目を合わせてきた。

「バグが何を偉そうに……。アレンもこんなのの何がいいのか。誰からも愛されるのがヒロインである私なのよ」

「だから薬を使ったのですか？」

　思ったよりも低い声が出てしまったが、マリア様は意に介した様子もなく私を鼻で笑う。

「薬って大げさね。あれはちゃんとした公式アイテムなの。なのに……」

　ふっとマリア様が立ち上がりその顔を歪ませる。

「アレンにはそのアイテムを三回も使ったのに、未だあんたのこと忘れてない！　あんたを見た後は決まっておかしくなるのよ。態度も表情もヒロインに見せるものなのに、あんたを見た後はどこか苦しそうにしてる！」

「え……」

「婚約だって解消してないし……。だからね、私たちの前から消えて欲しいの。婚約を解消して学園を去って領地に引きこもるか……、修道院なんてのもいいわね。そうすればアレンがおかしくなることもないでしょ」

　ふふふ、と目の前で笑われるも私は衝撃的なワードを聞いてほかのことは耳に入らなかった。

「さ、三回……。アレン様に虹の雫を三回も使ったのですか……？」

アレン様が私を見た後は苦しそうにしているということも気になったが、それよりも精神に作用する薬を三回も使ったことの方が重大だ。

専門家でもないから虹の雫が精神にどれほど作用するのかわからない。

それでもゲーム内では最強の好感度アップを謳《うた》うアイテムだ。

その精神への影響は計り知れない。

「虹の雫……。そうか、あんた転生者ね？」

私が言った虹の雫と言う言葉にいち早く反応したマリア様が勝ち誇った顔をして私ににじり寄る。

だが私はすでに気づかれようとどうでも良かった。

そんなことよりも大事なことがあるのだ。

「マリア様、あれは違法薬物です！　精神が壊れる可能性だってある！」

必死に言い募るも、マリア様に私の言葉は届かない
「うるさいわね！　そんなことより、これまで思い通りにならなかったのは、あんたの所為でしょ！　バグかと思ってたら、まさかの転生者が紛れ混んでるとはね。……でも、あんたさえいなくなればちゃんとゲームの世界は正される」

マリア様の歪んだ笑顔に、私の背中に冷たい汗が伝う。

マリア様にとっては犯罪とかそんなことより、邪魔だから排除するということしか考えられな

いようだった。

　これはゲームではないのに……。

「マリア様、これは犯罪ですよ……」

「何が犯罪よ。私はヒロイン！　この世界の主人公なの。主人公である私の目指す逆ハーにあんたは邪魔なの。邪魔なものは無くしてちゃんとした逆ハーエンドを迎えるのよ」

「逆ハー……？」

「そう、完全攻略の逆ハーエンド。私が目指すのはそこよ。一年無駄にしたけど、学園はまだ二年残ってる。卒業までに皆の好感度を上げれば達成される。前世を思い出した二年前からこつこつと虹色の薔薇を集めてきた。学校を休んでまで作り上げた虹の雫が私にはある」

「卒業まで……？」

　このゲームの最後は夏にあるフィリップ殿下の誕生パーティーだったはず。

　そこで断罪であったり婚約発表があったりしてエンディングを迎えるのだ。

「ああ、それは知らないんだ？　このゲーム意外と人気で何度か新たなコンテンツが増えてるのよ。最終のエンディングは学園の卒業式。攻略対象だってこれからまだ……」

「そんなことどうでもいいです！」

　ゲームで追加コンテンツがあったとか、そんなこと初耳だったが、問題はそこではない。

「ねえ、マリア様。ちゃんと聞いて。ここはゲームじゃない。マリア様も私も、もちろんアレン様や殿下たちだってちゃんとここで生きているの。ここが私たちの生きている世界だよ。その人たちにはちゃんと心があって意思を持って生きている人たちなのよ。薬を使ってそんな人の気持ちを弄ぶなんてしちゃいけない。お願いだからこれ以上罪を重ねるのはやめて」

「はあ？　何を偉そうにっ！　あんたあれでしょ。前世ではリア充！　だから私の気持ちがわからないのよ。リア充どもは決まってオタクを馬鹿にした目で見るのよ！　あんたもそうでしょっ！　前世で誰からも好かれなかったんだから、この世界で皆に好かれて何が悪いの！　そのために私をヒロインに転生させてくれたのよっ」

息を荒げるマリア様を見上げる。

私が前世で覚えているのは白い無機質な天井。

リア充なんて知らない。

だって私は前世で人と接した記憶すらないんだから……。

「私の前世は死ぬまでずっと病室だったよ……」

あるのは本やゲームの知識。

だから今がどれほど恵まれているか嫌というほどわかる。

自分の足で立つことが、外に出られることが、人と接することが。

それがどれほど貴重で大切でとても嬉しいものか。

「は？　な、何を……」

「人と接したことも学校に行ったことも記憶にない。あるのはたくさんの本を読んだこととゲームをしていたこと。ずっと一人病室で……」

マリア様がどんな前世を生きてきたかわからない。

苦しい前世だったのかもしれない。

それでもそれを言い訳にしていいはずない。

マリア様がやってきたことは、やろうとしていることはここでは立派な犯罪なのだから。

「だから私はこの世界でたくさんの人と出会えたこと、色々なことを経験できることが嬉しかった。楽しかった。外に出られたことがどれだけ幸せだったか。走り回れることも、学校に通えることも。全部楽しくて幸せだった」

私は今までのことに思いを馳せる。

「ねえマリア様、ここはちゃんと私やマリア様が生きていく場所だよ。他の人たちだって登場人物とかじゃない。皆それぞれ人生があって皆一生懸命に生きている人間だよ？　そんな人たちの心を、精神を勝手に薬を使って手に入れることはこの世界では違法だし、許されないことなんだよ」

何とかマリア様にわかってもらいたくて、マリア様の目を見てゆっくりと話す。

けれどもマリア様はそんな私を睨みつけながら顔を横に振る。

「う、うるさいっ！　私はこの世界のヒロインっ！　この世界は私を中心に回ってるの！　モブは黙ってて！　それに違法って何？　あれはれっきとした公式アイテムよ！」

髪を振り乱して叫ぶマリア様に、私は話が通じないことを悟る。

それでもこれ以上マリア様に罪を重ねさせるわけにはいかない。

「あれは、大昔にこの世界にいた魔女が創り出した精神に影響する薬で今は製造を禁止されている薬物と一緒なの。ゲームでは公式アイテムだったかもしれないけど、ここは現実なの。そのことをちゃんと考えて！　使いすぎると精神が……、心が壊れてしまうかもしれないのよっ！　あなたはアレン様の心が死んでもいいと言うのっ？」

お願いだから私の言葉を聞いてほしい。

これ以上アレン様を、ほかの人たちの心を壊さないで欲しい。

「攻略者であるアレンはヒロインである私のものよ！　それをどうしようと勝手でしょう！」

マリア様の言葉に私の頭で何かが切れる音がする。

漫画でよくあるブチっという擬音って効果音じゃなくて本当にするんだ、といたってどうでもいいことを考えてしまう。

「ふざけないでっ！！」

未だかつてないほどの大声が私の喉から出る。

私の唯一にして最大の推しを物扱いしたこと。

アレン様の心を軽んじたことに怒りを感じた。

この期に及んでまだアレン様のことをゲームのキャラクターだと思っているマリア様に腹の底から沸々とした怒りが沸き上がる。

「あなたの好きにはさせない。アレン様は私が幸せにする。あなたみたいな身勝手な人に大好きなアレン様は渡さないからっ！」

私の大声に一瞬怯んだマリア様だったが、その顔をみるみる赤くさせながらブルブルと体を震わせた。

「なんなの、あんたっ！　モブの癖にっ！」

怒りの形相で振り被った右手がそのまま私の頬を打つ。

動けない私はその衝撃をまともに食らった。

ビリっとした痛みと共に、口の中に鉄の味が広がる。

じんじんと痛む頬はマリア様のつけている指輪があたったのか、生温かいものが口の端を垂れる感覚がある。

「あんたの所為でゲーム進行が滅茶苦茶になったのよ。何が犯罪よ！　こんなのただのバグじゃないっ！」

怒りで歪んだ顔に、私が前世で大好きだったあのゲームのヒロインの面影はなかった。

「ここがあなたの言うゲームの世界なら、なぜあなたは勉学に励まなかったの？　たどたどしくも一生懸命にマナーを覚えていたゲームのヒロインがなぜカーテシー一つもできないの？　努力家で健気なのがヒロインだったはず。私の所為でゲームが滅茶苦茶になったというのなら、それはそうかもしれない。けど私は後悔していない。私には推しを、アレン様を幸せにするという最大の目的があったから。だからアレン様がヒロインであるあなたに惹かれるのも仕方がないと思っていた。だけどあなたはどうなの？　ヒロインだと言うなら薬なんかに頼らずに皆を幸せにする努力をしなさいよ！　皆を癒すヒロインでいてよ！」

「うるさい！　うるさい！　うるさいっ‼」

耳を塞いでいやいやをするように頭を振るマリア様。

そのまま俯いてぶつぶつと何かを言っている。

「そうよ、バグは無くせばいいのよ……。ここはゲームなんだから……。修道院とかぬるいこと言ってないで無くせばいいのよ。そうすればゲームは正される……、ふふ、ふふふ………」

顔を上げたマリア様の目は何も映していないようだった。

何かを呟いたまま私に近寄り、乱れた髪からすでにその意味を成していないリボンを抜き取った。

「マ、マリア様……」

私はマリア様から距離を取ろうと自由の利かない手足の代わりに体を使って何とか後ろへ逃げる。

だが、それも壁が背中につくまで。

虚ろな目で私の目の前にきたマリア様は、おもむろに私の首にリボンを巻き付けた。

私は必死に首を振って逃れようとするも、両手両足を縛られた状態ではその抵抗すら虚しい。

首が圧迫されてすぐに頭が沸騰するかのような熱を感じた。

顔が真っ赤になるのがわかるほど、とてつもなく熱い。

……私、殺されるの………？

遠のきそうな意識の中浮かぶのはやっぱり最推しのこと。

走馬灯って本当にあるんだ、とアレン様と出会った時から今までのことが思い出される。

幼いアレン様、照れたアレン様、甘く笑うアレン様。

いつでも、どんな時でもずっと大好きです……。


「やめろっ‼」

幸せなアレン様との思い出が途切れそうななか聞こえたのは最推しの最上の声。

幻聴かな……。

だって死ぬならアレン様の声を最後に聴きたいと思ったから。

ドンっと何かが倒れる音がしたと同時に首にかけられたリボンから圧迫感が消えた。

「うっ……、ゴホッゴホッ……っ」

急に喉から入った新鮮な空気に私の呼吸が追い付かずその場で咳き込む。

そんな私の目の前に私を庇うかのような人影が。

「っは、はぁっ………。……あ、アレン、さま……？」

後ろ姿であろうとも私が見間違うはずない。

「貴様………！　許さんっ……」

ゆらりとアレン様から圧を感じたかと思うと、アレン様はおもむろに右手を腰に下げている剣へと伸ばした。

その迫力に私はひゅっと息を呑み、考えるより先に目の前のアレン様に体をぶつけた。

これが縛られた私にできる最大の行動だ。

私が足にぶつかったくらいじゃぐらつきもしないアレン様だが、どうやら剣から手を離してはくれたようだ。

この世界では罪を犯した者に対してだろうと殺人は重罪だ。

推しにそんなことさせるわけにいかない。

ほっと息をつきながら、マリア様の方を見るといつの間にかやって来ていた騎士団に取り押さえられていた。

「私を誰だと思っているの？　離しなさいっ！　私はヒロインなのよっ‼」

髪を振り乱し金切り声を上げるマリア様。

だが、騎士団の人たちの拘束が緩むことはない。

複雑な思いでその様子を眺めながら、今になって手足が震えていることに気づく。

「リリベル……」

私の名を呼び、泣きそうな顔をしたアレン様に私は抱き起こされる。

ここに入ってきた時から思っていた。

このアレン様は、私がよく知るあのアレン様だ、と。

「ゴホッ……、ア、アレン様は、あの……」

「ごめん、リリベル。そしてありがとう。リリベルがフィリップに渡してくれた虹色の薔薇のお陰だ。薬の効力は切れている」

さすが王宮の薬学研究室だ。

薬の効果を消すことができたんだ……。

「よ、かった……」

私を縛る縄を優しく解きながら、時折「ごめん」と呟くアレン様に私は首を振るだけ。

「フィリップ！　俺は先にリリベルを連れて邸へ戻る」

アレン様の言葉にふと見ると入り口にフィリップ殿下もいた。

殿下が頷くのを見てアレン様は私を抱き上げた。

「わ……、アレン様、私歩けます……」

多少の震えは残っているものの、歩けないほどではない。

だが……。

「ごめん、俺がこうしたい……」

アレン様に眉を下げてそう言われてしまえば私にはもう何も言えない。

「マリア・ダントス男爵令嬢。あなたにはハートウェル伯爵令嬢の拉致監禁及び殺人未遂の罪と、スペンサー公爵令息への禁止薬物の使用の罪で王太子の名においてその身を拘束させていただく」

殿下の凛とした声を聴きながら、私はアレン様に抱えられその部屋から出た。

部屋を出るときに見えたマリア様は気力を失ったかのように顔からは表情が抜け落ち、ただぶつぶつと何かを呟いていた。

令嬢一人を拉致監禁、さらには殺人未遂。

そして高位貴族に対する禁止薬物の使用。

どれほどの罰がマリア様に科せられるかわからない。

けれども。

私がマリア様にできることはもうないのだと。

それだけはわかった。

第九章　推しとこれからも

公爵家へと向かう馬車の中で、私はアレン様からこれまでのことを聞いた。

それは、マリア様が魅了の力を故意に使えるのではないかという疑惑が出た日に遡る。

あの日、殿下がマリア様と話したことは魅了の力について。

ただこれは殿下も言っていたように故意に使っているわけではなさそうという結論に落ち着いた。

マリア様には厳重注意したのち、その影響力は計り知れないとのことで王家はマリア様を要注意人物と認定。

そして成人の儀。

あの日、殿下に極秘で情報を流したのはオリバー様。

オリバー様もまたマリア様の魅了にかかっていたようだが、マリア様が学園にいる間にその効力が切れたらしい。

対象者から一定期間離れると魅了の効力は失われるのだ。

だからこそギルバート様も休学や留学でマリア様から距離をとるという対策を取られた。

そもそもこの魅了は、心に想う人がいれば効かない。

アレン様には私がいたから……、いや嬉しすぎるけど……。

有難い話です。

で、殿下もまたアナスタシア様がいるから、ということに……。

まあ、その話は置いておいて！

オリバー様の極秘の情報というのが、マリア様の領地ダントス領で何やら薬を作っているという情報。

そう、それが虹の雫だった。

魅了が効かない殿下やアレン様の好感度が高くないと焦ったのかもしれない。

マリア様はゲーム内では最後の手段であるアイテムに手を出した。

そもそも、マリア様は逆ハーエンドなるものを狙っていた。

おそらく全攻略対象者の好感度を高くする目的があったのだ。

前世を思い出したときから虹色の薔薇を集めていたと言っていた。

マリア様は作り方も知っていたのだろう。

追加コンテンツにしてもそうだ。

私はそんな話知らなかった。

おそらくそれは前世の私が亡くなったあと追加されたのだ。

もしかしたら細かい情報も後から出たのかもしれない。

そうは言っても私には確認することもできないが。

何はともあれ、その薬物の情報を受けた殿下たちが内密にマリア様からその情報を探ることになった。

そしてその役目を買って出たのがアレン様。

精神に作用するということでアレン様もかなり慎重にマリア様の前では飲食をしないようにしていたらしいが、実は虹の雫は口に入れるものではなかったのだ。

ゲームでは使用した、というコマンドだけだが、実際の虹の雫は粉状でそれを対象者に振りかけるのだ。

雫というワードのせいで私は完全に液体だと思っていた。

これはアレン様が専門家の方から聞いた話だが、虹色の薔薇の花びらから抽出された特殊な成分を鼻や皮膚から吸収すると目の前の人に依存するようになる薬物だったらしい。

なんてことないゲームの好感度アップのアイテムは、現実世界では恐ろしいほど効き目のある薬物だったのだ。

同じ領地に住むオリバー様が、マリア様が家で何かしらの禁止薬物を作っているという情報を掴み、自分をパートナーとして成人の儀に参加させるため未だ魅了にかかった振りをしてあの舞踏会に参加したらしい。

それは殿下との接触を図るため。

アレン様の様子が変わってから殿下はその何らかの薬が使われたと判断し、マリア様に王家の影を張り付かせた。

私の居場所がすぐにわかったのはそのお陰でもある。

私を拉致するのに協力したのは、マリア様が婚約破棄や解消に追い込んだ貴族の令息たちだった。

足のつかない馬車を用意したり、私を運んだり。

そして拉致された小屋もそう。

今回拉致に協力した令息たちはマリア様の魅了によってのことだったので情状酌量の余地はあるとのことだったが、それでもそれぞれの家にお咎めはあるらしい。

そしてマリア様も。

あれだけの罪を犯してしまったのだから、きっと重い罰が科せられる……。


公爵家に着いた私はアレン様とは別の部屋で念入りに治療を施され、用意されていたドレスに着替え温かいお茶と美味しそうなスイーツを前にソファにゆったりと腰掛けている。

それにしても今日は怒涛《どとう》の一日だった。

アレン様から色々話を聞いてもどこか現実ではないようなふわふわした頭で聞いていた。

疲れのせいか薬のせいかはわからない。

それでも最推しの声がこれが現実だと教えてくれる。

アレン様の薬の効果は切れている……。

その事実があれば、私にとって今日の出来事は大したことがなくなる。

馬車でのアレン様は終始硬い表情をされていた。

今までのことを気に病んでいるのかもしれない……。

そんなことを考えていると部屋にノックの音が響いた。

「はい」

と声をかけるとアレン様がドアから顔をのぞかせた。

「リリベル、入っても？」

「もちろんです」

私は迎え入れるためにドアに移動して、どうぞと部屋に促す。

部屋に入ったアレン様は私へ手を伸ばしたが、躊躇《ちゅうちょ》したあとその手をそっと下ろした。

「アレン様？」

私は未だに硬い表情のアレン様を下から覗き込む。

「俺は……、リリベルに取り返しのつかないことをした……」

私の口元を見ながら苦しげに呟かれるアレン様に私は首を振る。

「大丈夫ですよ！　傷はすぐに治ります」

優しいアレン様のことだ。

口元についた傷のことを言っているのだと私は懸命に弁明する。

そもそもこの傷はアレン様の所為ではないのだ。

「……それだけじゃなく…………」

アレン様の顔は辛そうで痛そうで。

私は見ていられなくて、その頬に手を当てた。

びくりと体を震わせるもその手が払われることはない。

じわじわと実感してくる。

私はアレン様に触れてもいいのだと。

辛そうな顔をしているが、その目にあのときの冷たさはない。

アレン様の左頬には白いテープが貼られている。

うっすらと腫れてもいる。

痛いかもしれないが、私はそちらの頬にも手を添えた。

「アレン様もお怪我を……。ふふ、お揃いですね」

私は努めて明るい声を出すも、アレン様は泣きそうに笑った。

「俺は騎士団で稽古をしているときから怪我など日常茶飯事だ。だがリリベルは違うだろう？」

戸惑いつつ、アレン様の震える手が壊れ物を触るかのようにそっと私の頬に触れた。

「……痛かっただろう？　怖かっただろう？」

アレン様の問いに私はフルフルと首を振った。

こんなもの、あの時の胸の痛みと比べたらどうってことない。

むしろマリア様にも言いたいことを言ったのだ。

名誉の負傷だ。

「それに、俺はリリベルを傷つけた」

アレン様の絞り出すような声に胸が締め付けられる。

アレン様は虹の雫を使われたあとの記憶もあるのだ、と気づく。

「薬物の所為などと、そんなものはただの言い訳だ。全部覚えているんだ。リリベルに言った言葉も、リリベルに対する態度も……。ごめん、リリベル。何度謝っても足りないが………、本当にすまなかった！」

「アレン様っ！　顔を上げてください！　もういいんです。アレン様の薬物の効力は消えた。それだけでいいんです」

頭を下げるアレン様に焦って顔を上げさせる。

「アレン様の精神が壊れなくて本当に良かった」

私がそう言えば、アレン様はくしゃりと顔を歪めた。

「本来なら婚約を破棄されてもいいくらいなんだ」

「嫌ですっ！！！」

私は咄嗟に叫ぶようにアレン様の言葉を遮った。

私は決意したのだ。

アレン様を幸せにすると。

私だってもうアレン様なしではこの先生きていける気がしないほどアレン様を想っているのだ。

「私はアレン様を幸せにしたいのです。大好きなのです。私から離れるならストーカーになりますからね。ずっとアレン様の後からついて回って、ずっと見続けるんだから……！……」

「す、すとーかー……？」

「覚悟してください！　開き直ったオタクの愛は重いんです！」

そう私はアレン様オタクだ。

私は両手を握りしめ、その覚悟をアレン様へとぶつける。

肩で息をしながら私はぽかんとした表情のアレン様を見て、さあっと頭が冷える。

あ、やらかした……？

私とアレン様の間にしばしの静寂。

私は背中に冷たい汗が伝うのを感じる。


「……よくわからない単語もあるが、リリベルは俺から離れたくないってこと？」

静寂を破ったのは少し低めの最推しの声。

下を向いているためその表情は見えない。

「そ、そうです。離れません」

私は開き直って素直に自分の心の内を伝える。

こんなストーカーじみたこと言ってアレン様に嫌われたらと思うと怖いが、私の決意は固いのだとアレン様にはわかってもらいたい。

「あんなひどいことしたのに、まだ俺のこと好きでいてくれるってこと？」

「もちろんです。アレン様を嫌うなんて天地がひっくり返ってもあり得ません」

そう。

それは胸を張って言える。

私はどんなアレン様も推せます。

アレン様しか勝たん！　ってやつです。

何があっても私がアレン様を嫌うことはない。

たとえアレン様が私を嫌いになっても、私のこの気持ちが変わることはない。

「じゃあ学園卒業と同時に結婚してくれる？」

「もちろ……、え？」

何を言われても肯定しようと思っていた私は、その言葉を反芻《はんすう》して頭がパニックを起こす。

え、結婚……、結婚って言った……？

アレン様を見ると、いつのまにか顔を上げてふわりと笑っていた。

控えめに言って最高です、その笑顔。

そしておもむろにその場に跪いたアレン様は、左手を胸にそして右手で私の左手を握った。

「私、アレン・スペンサーの全てを懸けてリリベル・ハートウェルを一生守っていくと誓います。私の全てはリリベルに捧げます。どうか私に婚姻の約束をいただけないでしょうか」

そう言うと恭しく、形の良い唇を私の左手の甲へ寄せた。

「あ、あう……、あの……」

喉が詰まって言葉が出てこない。

これは、もしかしなくともプププププププロポーズだ……。

「もう泣かせない。もう離れない。何よりも俺がリリベルから離れたくないんだ……」

アレン様が私に視線を合わせる。

意志の強い目が力強く輝いていてとても綺麗……。

「リリベル、愛している」

最推しの声の最上の言葉に、アレン様の顔がぼやける。

もっとこの光景を目に焼き付けたいのに、私の意思を無視して涙があとからあとから零れてしまう。

「俺と一生を共に歩んで欲しい。……リリ、お願いだ。うんと言って」

真剣な眼差しで私を覗き込むアレン様。

断る理由なんてない。

私だってもうアレン様と離れたくない。

私だってアレン様を幸せにしたいのだ。

「っ、……はい……っ、はい！　アレン様！　私も離れません！　一生傍にいます。そしてアレン様を幸せにします……うぅ…っ！」

使い物にならなかった喉を叱責して、私は大きく頷きながら声を出す。

涙腺が崩壊したかのように両目からぼろぼろと涙がこぼれて、せっかくの推しの顔も見られない。

「言ったそばから泣かせているな、俺は……」

立ち上がったアレン様が私を抱き寄せる。

「これは……っう……、うれし涙だからいいんです……ぐすっ！」

「リリ、愛している」

頬に手がかかり、瞼に熱く柔らかな唇が押し付けられ、濡れたものが眦を拭いとるように動く。

え、今、涙舐め………？

驚いて涙も引っ込んだ。

「ふ、可愛い……」

怪我をしている左頬を避けながら、顔じゅうにアレン様からのキスが贈られる。

くすぐったくて恥ずかしくて身を捩ると、アレン様の手が顎を固定してきた。

甘さを滲ませた蜂蜜色の目が細められ、ご尊顔のドアップに耐えられず目を閉じたところで唇に感じる柔らかなもの。

そう言えば、アレン様はマリア様ともこういうこと……。

不安になったものの、私は頭を振る。

薬の所為なんだから仕方ない！

「リリ？　どうした？」

「あ、いえ！　何でもないです」

だけどアレン様はますます神妙な面持ちに。

「リリ、心配事なら言って」

ちゅっと音を立てて耳にキスをしながら耳元で囁かれると、もう立っていられないほどの衝撃。

駄目だ。

言うべきことじゃないのに、この声には逆らえない。

「ま、マリア様とも触れ合ったりしたのかと……」

言葉にしてから、やっぱり言うべきじゃなかったと後悔する。

せっかくアレン様がプロポーズしてくれて幸せしかないのに。

こんなこと気にする方がおかしいのだ。

「あ、いや！　大丈夫です！　薬の所為なのはわかっているんです！　だからいいんです。今こうしてアレン様と触れ合えるのは私だから」

私はアレン様の胸に顔を押し付けながら早口でまくし立てる。

そうだよ。

せっかくいい雰囲気なのに。

何を自らぶち壊すようなことを……。

「……ない」

ぎゅっとしがみつく私の頭を撫でながらアレン様がぽつりと呟く。

「え？」

「こんなこと、リリベルとしかしたことない」

顔を上げると変わらず優しく私を見つめる蜂蜜色の目と視線が合う。

「彼女からアプローチを掛けられたことはある。……だけど、心が拒否した。脳裏になぜかリリの泣き顔が浮かんで、苦しくて……。だからそれ以上彼女に触れていない」

それを聞いて私は体中の力が抜けた。

立っていられなくなったところをアレン様に抱きかかえられる。

私は思っていたより気にしていたようだ。

ほっとして力が抜けてしまうほどに。

そう言えばマリア様も言っていた。

アレン様は私のことを完全には忘れていないと。

虹の雫が使われていても心の奥では私のことを想ってくれていたと、そううぬぼれてしまってもいいのかな……。

私を抱えたアレン様はそのままソファに腰を下ろし膝の上に私を乗せたままぎゅっと抱きしめてきた。

ドキドキと胸が高鳴ってどうしようもなく苦しいのに、アレン様の香りや体温は何よりも安心する。

「リリのお陰だ。俺も薬の所為とはいえ、リリ以外の人に触れたくはないから」

「アレン様……」

柔らかく重ねるだけのキス。

すり、と重なった唇がそのまま私の唇に摺り寄せられる。

上唇を食《は》むように何度も重ねられた後、ちゅっと音鳴らして離れていく。

至近距離で見つめるアレン様の目が溶けたように甘い。

私はそっとアレン様の傷を覆うテープに触れる。

痛くないように慎重に。

「この傷はどうされたのですか？」

先ほどから気になっていたことを聞いてみる。

「フィリップに、な」

「殿下にですか？」

ご尊顔になんってことを！

怒りに燃える私にふふっと笑ったアレン様は額をくっつけてきた。

「アナスタシア嬢の怒りらしい」

「え？」

「リリベルを泣かせた俺への怒りだ。これくらいじゃ足りないくらいだがな。だが、このお陰もあって目が覚めたこともあるから、感謝している」

王宮の研究室で作られた解毒剤とともに頬の痛みでアレン様は正気に戻ったらしい。

アナスタシア様が自分のために怒ってくれていたことは素直に嬉しい。

けれどもその所為でアレン様に傷ができてしまったのは内心複雑だ。

私はそっとアレン様の頬に口づけた。

「リリ……」

「は、早く治るおまじないです」

やってしまってから何だか気恥ずかしくなって私は下を向いた。

「リリ……、もう一度……」

アレン様の手が私の頬にかかり至近距離で視線を合わされる。

甘く溶けるように見つめられて私のキャパはいっぱいいっぱいだ。

心臓がどんどこうるさい。

居たたまれない。

何か、話題を………。

「わ、私っ！　ずっとアレン様から婚約解消されると思っていました」

わー……、やってしまった……。

パニックになっていたとはいえ、この雰囲気のなかこの話題はないわー……　…。

ダラダラと汗をかいてしまった私に、アレン様はクスリと笑って額にキスをして私を抱きしめてきた。

きゅっと優しく拘束される腕が嬉しくて、私もアレン様の背中に腕を回す。

「こうなるかもしれないと思った時に、父上と母上に頼んだんだ。俺がもしリリベルと婚約を解消したいと言ってもそれは俺の本心じゃないからって。どうか聞き入れないで欲しいって頼み込んでいた。詳しいことは父上や母上にも言えなかったけど、でもその申し入れは快く聞き入れてくれた」

「そうだったのですね……」

アレン様の言葉を聞きながら私はそっと目を瞑った。

優しくて広い心で私を受け入れてくださるスペンサー公爵様とオリヴィア様。

「父上と母上には感謝だな。こうしてまだリリと婚約者でいられるのは両親のお陰だ」

そっと体を離されてアレン様が満面の笑みでそう言ったのを見て、私も本当に感謝の気持ちでいっぱいになった。

色んな人に支えられて今またこうしてアレン様の腕の中にいられることがどれほど幸せなことか。

そんな幸せにまた涙が出そうになったが、私はそれを押し込めて笑う。

同じように笑うアレン様に、たとえようもないほどの愛しさがこみ上げる。

「アレン様、大好きです」

気持ちを素直に伝えられる幸せ。

「俺も、リリが大好きだ」

同じだけ気持ちを返してもらえる幸せ。

私たちはどちらからともなく距離を縮め、ゆっくりと唇を重ね合わせた。

番外編

唯一無二の存在　～アレン視点～

俺の家は公爵家であり、騎士団長である父と侯爵家の令嬢であった母と、そして五つ上の兄がいる。

家族仲はいい方だと思う。

父と母は貴族内では珍しい恋愛結婚であり、たまに恥ずかしくなるほどその仲はいい。

普段騎士団長として厳しい父が、母には息子の俺から見てもかなり甘いのだ。

もちろん息子である兄や俺にも厳しくはあるが、個々を尊重してくれ、家族として愛してくれているのは感じている。

兄も跡取りとしての勉強が忙しいにもかかわらず、その合間を縫って俺と剣を交えたり遊んでくれたりする。

そんな家庭で育った俺もやはり結婚は想いあえる相手としたいと思うようになっていた。

父も母も自分たちがそうだったからか、兄や俺は結婚相手は自分で選ぶようにと言われている。

だが、俺はまだそんな相手と巡り会ってはいない。

誰か一人を特別に大事に思う気持ちがまだ持てていない。

家族として愛するということはわかるが、ただ一人の人に対して愛しいと思う気持ちが俺にはまだわからなかった。

貴族同士の繋がりでご令嬢と話をしたりすることはもちろんある。

だが俺にとっては誰も皆同じに見えるのだ。

綺麗に着飾って皆同じような笑みを浮かべて、誰もが皆同じような口上を唱えるのだ。

そう母に言ったとき言われたことがある。

あなたはまだ出会えていないだけ。会えばきっとわかる、と。

本当にそうだろうか……。

俺にもそんな相手が現れるのだろうか。

話しかけられても少しも感情が揺らがないのに……。

もしかしたら俺にはそういった相手はいないのかもしれない。

そう思い始めていた。

そう……、彼女と会うまでは……。


その日は王太子であり、幼いころからの遊び相手でもあるフィリップの婚約者候補との顔合わせのお茶会の日だった。

それは十二歳前後の貴族の令嬢が集められたお茶会。

婚約者候補と言ってもフィリップの相手は筆頭公爵家の令嬢であるアナスタシア嬢でほぼ内定している状態だ。

それでも一応他の貴族の顔をたてるためそういったお茶会が王妃様の名のもと催されることになったのだ。

俺もフィリップの側近候補としてそのお茶会に参加した。

令嬢の中にはアナスタシア嬢が婚約者になるという情報を掴んでいる者もいるから、フィリップ以外の俺や宰相の息子であるギルバートにも白羽の矢が立てられ、いろんな令嬢たちから話しかけられた。

俺はもちろんギルバートにもまだ婚約者はいない。

同年代でともに公爵家ともなれば結婚相手として文句はないのだろう。

どの令嬢も似た笑顔を張り付けて俺やギルバートに美辞麗句を語る。

俺も今までと同じように貴族としての笑顔を張り付けるが、さすがに表情筋がつりそうだ。

ちらりと隣を見ると表情を全く変えないギルバートに令嬢たちが立ち去っていくのが見えた。

しまった。俺もああすれば良かったのか……。

内心ため息を吐きながら俺は目の前の令嬢と挨拶を交わしていく。

さすがにもう限界だと、俺はそばにいるフィリップに声をかける。

「少し席を外す」

幼いころからよく知るフィリップが片眉を上げながら仕方ないとばかりに頷いた。

それを見て俺はそっとその場を離れ中庭の外れまで来た。

ここまでくると先ほどの賑やかさはかき消され風が葉を揺らす音が聞こえるのみ。

そこで俺はやっと息を吐いた。

十二という年齢であれば婚約者が決まっている者も少なからずいる。

俺に対する婚約の申し入れもかなりあるのは確か。

今のところ両親の意向で、俺への婚約の申し入れはすべて断っている状態だ。

俺に気持ちがなければ受けられないと言ってくれているようだ。

そこまで俺の気持ちを最優先してくれる両親に感謝はすれど、この先も俺にそんな相手ができるとは限らないという不安はある。

ふうっと息をついて、そろそろ戻るかと踵《きびす》を返したときだった。

見えたのは紫水晶のようなきらきらと輝く髪。

綺麗だな……。

ご令嬢に対してそんなことを思うのは初めてのことだったので、俺は思わず口元を手で押さえた。

木の陰になっているため、その令嬢から俺は見えていないようだ。

俺はついじっとその様子を観察する。

きょろきょろとあたりを見回すその顔は今まで見たことのない顔。

どこの令嬢だろうか……。

年のころは同じくらい。

きっと王妃様主催のお茶会に参加している令嬢だろう。

今まで見てきた令嬢の笑顔とは違い、くるくると表情が変わる様に俺は目が離せなかった。

青くなったり笑ったりやけに表情が忙しい少女に俺は思わずふっと笑ってしまう。

思いがけず笑ってしまった自分の行動に驚いた俺は顔に手をやり、そのにやけた顔を叱責する。

そうしてふと少女に目を戻すと、いよいよ困った顔をしていた。

そこで俺は意を決して声をかけることにした。


「そこにいるのは誰だ」

あくまで今気づいたかのように。

ずっと見ていたなんてことを悟られないように……。

さすがにのぞき見をしていたなんてことを知られたくなかったから。

振り返った少女はその大きな目をこれでもかというほど見開いた。

零れ落ちるんじゃないかと思ったその瞳は闇夜を優しく照らす満月のようで、うっすらと色づく薔薇色の頬はどんどん赤くなって。

俺はその時初めて誰かを可愛いと思った。

先ほどまでの鬱屈した気持ちが途端に晴れたような、そんな気持ちになった。

その少女が呟いた言葉の意味はわからなかったが、俺はその少女の名を聞くことができた。

「私はハートウェル伯爵家長女、リリベルと申します」

「私はスペンサー公爵家のアレンだ」

俺も同じように名を返すとその少女、リリベルはまた驚いたように目を見開いた。

ハートウェル伯爵家と言えば最近聞いた名だった。

少し西に位置する農業を主とする領地で、そこで採れる野菜や果物が王都で最近話題になっていたのだ。

だからその名を覚えていた。

うちの邸でもそこの野菜を仕入れるようになったとつい最近聞いたところだったのだ。

俺は改めて目の前のリリベルを見る。

まっすぐでサラサラとした髪は近くで見てもキラキラ輝いていてとても綺麗だ。

撫で梳《す》いてみたいといった欲望を俺は慌てて打ち消す。

俺は初対面の令嬢に対してなんてことを……。

そんな自分に内心慌てつつ、俺は今日のお茶会に来ているのかと確認を取る。

もちろんそんな慌てたそぶりなど一切見せないスキルくらい持ち合わせている。

当のリリベルは俺が何かを話すたびに顔を赤くしたりどもったり。

しかもちょっと涙ぐんでないか……？

名乗りはしたが、急に出てきて驚かせてしまっただろうか。

それとも父上のような圧が出ているのか……？

驚かせたり怖がらせたりなんてしたくはない。

もう少し表情を見ようと少し顔を近づけてみると、リリベルの顔がさらに真っ赤になった。

拙いな、本当にかわ……。

「だっ！　ダメです！　近いです‼　その素敵な声とご尊顔が近すぎて倒れそうですぅぅっ！」

「……は？」


今、リリベルは何と言った？

声？

素敵な声……。

まさか先ほどから顔が赤いのは俺の声を聴いたから？

怖いとかではなく……。

それにしても俺の声だけでこんなにも赤くなるのか……？


駄目だ。

気づけば俺は声を出して笑った。

ほっとしたのと、嬉しいのと、そしてその意外過ぎる返答に。

普段から他人に腹を探られるな、だが常に他人の腹は探れと厳しく育てられてきた。

だから他人のましてや初対面の人に対して無防備に笑ってしまったのは、自分でも驚いた。

俺はもう貴族の仮面なんてとっくに手放していた。

許可をもらって名で呼ぶと、リリベルの顔がまた赤くなる。

俺も名前で呼んでほしくてそう提案するも遠慮されたから耳元で話すとすぐに「はい」と言ってくれた。

聞けば、リリベルは俺の声や容姿を好んでくれている。

他の令嬢では辟易《へきえき》していた賛辞の言葉もリリベルから言われると無性に嬉しい。

俺が騎士団で努力をしているところも好ましいと思ってくれていると知った時はなぜだかリリベルの顔が見られなかった。

そう言ってくれるリリベルの顔がすごく可愛くて。

自分の為に頑張っていることなのに、頑張っていて良かったなんてことも思ってしまう。

誰にも渡したくないな。

出会ってすぐなのに、俺はそう思った。

このままもっと話していたいという気持ちを押し込んで、俺は送って行くと言って手を差し伸べた。

恐る恐る俺の手を取るリリベルの手は小さくて柔らくて。

こちらを見ないのをいいことに俺はリリベルの真っ赤になった耳や頬を眺めながらお茶会の会場まで送っていった。

その後、俺は帰ってすぐに行動に移した。

まずは母上に婚約したい子がいると伝えた。

満面の笑みで喜んでくれる母上を見て、あのとき母上が言っていたことは本当だったなと思った。

リリベルに会ってすぐにわかった。

この子だと、そう思うことができたから。

そして俺は逸る気持ちを落ち着かせながら父上の執務室のドアをノックした。

要件はもちろん、リリベルに対しての婚約の申し入れについてだ。

あとがき

・はじめまして、みもとと言います。
この度は「異世界転生したらモブだったので、推しの声を堪能したいと思います」を手に取っていただきありがとうございます。

私にとって初めての書籍化。

私の人生でこんなことが起きるなんて、本当に何が起きるかわかりません。

それくらいとても貴重な経験をさせていただきました。

書籍化の打診がきた時など、二度見ならぬ三度見はしたくらいです。


さて、こちらの「異世界転生したらモブだったので、推しの声を堪能したいと思います」（長いので略して推し声で行きます！）ですが、もともと溺愛・一途が大好きで甘甘なものを読みたいという思いから書き始めたものです。

なので、かなり糖分過多になっております。

ハイスペックなヒーローがヒロインを溺愛する……。

大好物です！

そんな大好物を詰め込んだこの「推し声」、ウェブで知ってくださっている方もいるかもしれませんが、書籍化にあたりかなり書き足しております。

三万字弱くらいでしょうか……。

内容としては変わっていません。

ただ、かなり肉付けを行いました。

起承転結でいうところの転の部分をかなり書き足しました。

この機会にかなり読み直しをして、そこから肉付けを行ったので自分的にもかなり納得のいく出来になりました。

あと、ウェブの感想などでアレン視点が読みたいと言ってくださった方！

今回、番外編として書き足しました〜。

このアレン視点は前々から書こうと思っていたものなので、こうして本に載せてもらえて本当に有難い。

お楽しみいただけたら、と思っています。


そしてなんと！

有難いことに二巻が出ます。

ただいま鋭意作成中〜。

頑張ります！

「推し声」要素の甘甘はさらに糖度を増している……かも⁉

推しへのでっかい愛は誰にも負けないリリベルと、そんなリリベルを無自覚に溺愛し甘やかすアレン。

そんな二人の物語はもう少し続きますのでお付き合いいただけると幸いです。

最後になりましたが、貴重な経験をさせていただいた出版社の方、私の拙い作品を見出してくれた担当者様、そして素敵なイラストを描いてくださった春野薫久先生、作品に関わってくださった全ての方、またこの作品を手に取ってくださった皆様に感謝します。

本書に対するご意見、ご感想をお寄せください。

あて先

〒162-8540 東京都新宿区東五軒町3-28
双葉社　Mノベルスｆ編集部
「みもと先生」係／「春野薫久先生」係
もしくは monster@futabasha.co.jp まで

Mf ノベルス

異《い》世《せ》界《かい》転《てん》生《せい》したらモブだったので、推《お》しの声《こえ》を堪能《たんのう》したいと思《おも》います

2024年9月11日　第1刷発行

著　者　みもと

発行者　島野浩二

発行所　株式会社双葉社
〒162-8540　東京都新宿区東五軒町3番28号
［電話］03-5261-4818（営業）　03-5261-4851（編集）
http://www.futabasha.co.jp/（双葉社の書籍・コミック・ムックが買えます）

印刷・製本所　三晃印刷株式会社

［電話］03-5261-4822（製作部）
ISBN 978-4-575-24764-0 C0093

Mノベルス

ある日突然マリアベルは「真実の愛を見つけた」という婚約者のエドワードから婚約破棄されてしまう。新しい婚約者のアネットは平民で、エドワード直々に「君は誰よりも完璧な淑女だから」と、マリアベルは教育係を頼まれてしまう。教育係を断った後、マリアベルには別の縁談が持ち上がる。だがそれを知ったエドワードがなぜか復縁を迫ってきて……。

発行・株式会社　双葉社

Mノベルス

異世界で
もふもふなでなで
するためにがんばってます。
向日葵 ill.雀葵蘭
秋津みどり享年二十七。死因は過労。神様から能力をもらって異世界に転生しました！ 与えられたスキルは、人間以外の生物に好かれること。それ以外は平々凡々な私だけど、ハイスペックな家族に見守られつつ異世界ライフを満喫している。ファンタジーな動物たちをもふもふしたり、なでなでしたりする毎日。何やらきな臭い動きもあるけれど、神様に振り回されつつ、チートな仲間たちと一緒にがんばってます！

発行・株式会社　双葉社